Comme une luciole

Comme une luciole

Angèle-Berthe BENARTS

© 2020, BENARD – VANDIEDONCK

Edition : BoD - Book on Demand,
12/14 Rond-point des Champs Elysées, 75008 Paris
Impression: BoD - Book on Demand – Norderstedt,
Allemagne

ISBN: 978-2-322-20536-3

Dépôt légal : février 2020

-1-

Comme tous les mardis, Antoine se rendait à la maison populaire pour le cours de dessin. En chemin, il passait prendre Thierry.

Putain ! L'ascenseur était encore en panne. Il allait devoir se taper les trois étages en portant Thierry sur son dos, puis descendre cet énorme fauteuil qui pesait une tonne. A tous les coups, il n'aurait pas été dépanné à leur retour. Il faudrait alors remettre ça pour monter. Mortel !

Il était un peu en retard, il gravit les escaliers quatre à quatre. Thierry l'attendait sur le pas de la porte.

— Sept minutes de retard ! On va devoir cavaler.

—Mollo, mon gars ! L'ascenseur est en rade. Alors moi, je cours pas avec tes cent kilos sur le dos et encore moins avec ton carrosse dans les bras.

—Putain d'immeuble pourri !

—Je te le fais pas dire. Au fait, tu m'as même pas salué, bâtard !

—Hello, copain. I love you.

—Ok, ça va !

Il poussa le fauteuil jusqu'aux escaliers.

—Allez, on se gare. Accroche-toi à mon cou et lâche pas.

—Allez, hue !

En bas, Antoine installa son ami sur l'avant-dernière marche et remonta chercher le fauteuil.

Une fois dans la rue, Antoine lança :

—Attention, ça va secouer ! Prêt pour le record du monde de trot attelé ?

Thierry adoptait alors le ton des commentateurs de courses hippiques :

—Le numéro quatre est maintenant en tête. Thierry Daugneau, bien callé dans son sulky, maîtrise son cheval, le pur sang, Toinou, au sommet de sa forme.

Le jeune homme qui menait cette course folle à travers les rues de Montreuil arborait une épaisse chevelure brune, toute en boucles, qui encadrait un visage ouvert et enfantin, éclairé par un large sourire. L'énergie de ses dix-huit ans éclatait. Alors que le duo semblait s'abandonner à une totale insouciance, riant et criant, à qui mieux mieux, Antoine gardait un œil attentif sur son ami, l'interrogeant régulièrement pour savoir si tout allait bien. Dans ses yeux gris-bleu, on pouvait lire à livre ouvert et deviner infinie candeur et générosité. Thierry avait quelques années de plus, son appétit d'ogre associé à son immobilité forcée l'avait gratifié de quelques kilos en trop. L'enthousiasme et la joie de vivre émanaient de sa personne. Il aimait, par dessus tout, le dessin et la compagnie d'Antoine. Depuis que le colérique Marcello, qui leur enseignait son art, avait décidé de partager son modèle avec ses élèves, Antoine venait poser sur la petite estrade de la salle de cours. Le jeune modèle s'était rapidement lié d'amitié avec Thierry. Il avait offert de le raccompagner un jour où la voisine qui s'en chargeait avait eu un empêchement. Peu à peu, il était devenu l'accompagnateur en titre. Il avait ouvert à son copain de nouveaux horizons, l'entrainant au café du coin où les habitués sympathisèrent avec eux, à la bibliothèque et au cinéma où Thierry pouvait satisfaire son avidité culturelle ou encore au Parc des Montreaux où les gamins eurent tôt fait d'adopter ces deux grands frères qui prenaient plaisir à jouer avec eux.

Marcello était le maître du nu masculin. Il avait découvert Antoine, un an auparavant, alors que le garçon faisait un numéro de statue vivante devant le centre Pompidou. Même si l'immobilité s'avérait un exercice physique éprouvant, Antoine exerçait avec bonheur ces activités qui lui procuraient de maigres subsides suffisant à ses maigres besoins. Elles lui permettaient d'habiter pleinement son corps et de laisser vagabonder son esprit. Dans son atelier, Marcello exigeait de lui des poses qui créaient une tension musculaire parfois difficile à soutenir et s'il bougeait ou réclamait une pause, l'artiste tonnait aussitôt :

—Tu es impossible. Tu bouges sans arrêt. On ne va pas pouvoir continuer ! Je te paye pour ne pas bouger.

—Si mal.

—Quoi, si mal ?

—Tu me payes si mal. Mais même si tu payais dix fois plus, c'est trop difficile ce que tu demandes.

— Pauvre chéri ! Quelle petite nature ! Je te jure, j'ai jamais vu un modèle aussi nul que toi. Alors, soit tu peux, soit tu te casses.

—Tu serais bien embêté...

—Oh, là ! Fais pas ton important, hein !

Antoine reprenait la pose en essayant de tenir. Au cours, c'était plus cool : il proposait trois postures et les élèves validaient. Il évitait donc tout ce qui aurait pu le faire souffrir. En plus, ça durait moins longtemps car c'était du dessin alors que le maître peignait. Il s'efforçait de supporter ce Marcello de malheur parce que ne rien faire était bien son activité préférée. Il n'avait toutefois jamais parlé de la nature exacte de son gagne-pain à son père, sûr que celui-ci aurait pris son air le plus affligé et lui aurait immédiatement proposé un horrible job ennuyeux et épuisant dans son entreprise parce que poser nu n'était pas un boulot digne.

-2-

Antoine vivait avec son père et son jeune frère, Fabien. Le père, Jean, exerçait le métier d'ingénieur de maintenance et génie civil à la SNCF. Quand Jean avait débuté, tout le monde lui prédisait une brillante carrière et il avait effectivement progressé très rapidement jusqu'à son mariage avec Annie, en 1965. Il avait alors vu une grande partie de son énergie et de sa disponibilité accaparée par cette femme si compliquée, fragile et capricieuse qu'il aimait inconditionnellement et dont il admirait les talents artistiques quand elle photographiait ou filmait la poésie du quotidien. Tant qu'elle réalisait des petits films expérimentaux, leur vie était chaotique mais supportable. Tout se gâta lorsqu'elle s'intéressa à l'art performance et participa à des happenings de plus en plus radicaux, n'hésitant pas à se mettre en danger pour sa création. Elle passait constamment de l'enthousiasme le plus fou au désespoir le plus noir. Lors de ses phases dépressives, elle l'appelait à n'importe quel moment de sa journée de travail, le suppliant parfois de venir auprès d'elle sans tarder. Lui n'hésitait pas, il la rejoignait aussitôt quitte à se discréditer sur le plan professionnel car si ce n'était pas de lui, c'était de la cocaïne que viendrait son réconfort. Puis, Antoine était né et Jean avait dû s'en occuper. Sa mère ne le supportait pas. Il était pourtant un bébé agréable, pleurant rarement et dormant la nuit mais les soins constants exigés par cette petite créature, sa vulnérabilité et sa dépendance constituaient trop lourde charge pour elle, déjà tant encombrée d'elle-même. Jean quittait le travail plus tôt pour consacrer le plus de temps possible à son fils et essayer de compenser le rejet maternel. Antoine grandit mais elle continuait de le délaisser et de le confier à toutes ces bonnes âmes qui s'esbaudissaient devant le si mignon garçonnet. Pourquoi voulut-elle un deuxième enfant, malgré la ferme opposition de Jean ? C'était tout à fait incompréhensible. L'ingénieur dut encaisser ce nouveau choc, elle voulait le garder. Elle jurait que celui-ci, elle le couverait. Fabien avait à peine un an quand elle partit. Antoine, du haut de ses cinq ans, mit tout son cœur et son énergie à veiller sur son petit frère. Il lui donnait à manger, lui racontait des histoires, le promenait dans sa poussette. Il l'aida à faire ses premiers pas. Il arriva même que, sortant de l'école maternelle, il alla récupérer le bambin à la crèche, se heurtant à l'incompréhension des puéricultrices qui ne pouvaient confier un bébé à un si petit responsable. Les parents de Jean apportèrent tout leur soutien à la famille abandonnée, en particulier pendant les mois qui suivirent le départ d'Annie car malgré ses grandes capacités de résilience, Jean avait craqué.

Il avait élevé les deux garçons en leur donnant tout ce qu'il avait pu puiser de meilleur en lui, en essayant de leur transmettre des valeurs et en les considérant toujours comme son plus précieux trésor. Antoine lui occasionna les plus grandes angoisses.

Le gamin, entièrement dévoué pour son frère, lui permettant de s'épanouir et de devenir un brillant élève, ne faisait aucun effort pour sa propre scolarité et se mettait régulièrement dans des situations compliquées. Il avait le don de déclencher des catastrophes avec les meilleures intentions du monde. En classe, il obtenait des résultats médiocres et dut redoubler deux classes. Il sortit du système scolaire sans diplôme. Jean en éprouvait d'autant plus de peine qu'il savait son fils plein de ressources et il enrageait de voir que toutes les qualités d'Antoine ne bénéficiaient d'aucune reconnaissance dans le parcours scolaire. Il craignait également qu'Antoine ne se retrouvât embarqué dans des aventures dangereuses pour lui. Ce gosse n'avait aucune conscience du danger et s'il était doté d'une morale exigeante, elle était en décalage avec celle de la société. Jean tremblait pour Antoine. Antoine, quant à lui, trouvait tout son bonheur dans le service des autres. Après son travail, il rejoignait le centre social, SFM[1]. Il y faisait de l'aide aux devoirs deux fois par semaine et assistait également les animateurs dans les activités culturelles et de loisir ainsi que lors des sorties.

---

[1] *SFM : Solidarité Français Migrants, association gérant un centre social dans le Haut Montreuil*

-3-

Ils étaient six : les parents, Saïd et Farida, et leurs quatre enfants. Ils venaient d'être expulsés et n'avaient pas où aller. Antoine avait installé les parents et le bébé dans sa chambre, les trois autres enfants dormiraient dans le bureau de Jean. Comme il n'avait pas assez de matelas, il avait mis plusieurs couches de couvertures sur le sol. Fabien avait protesté :

—Antoine, tu es fou ! On ne peut pas accueillir tout ce monde-là chez nous.

—Mais si, Fabien. En se serrant un peu, on y arrive.

—Tu vas voir, je suis sûr que papa ne va pas être d'accord.

— Je vais préparer un repas pour tout le monde.

Saïd et les plus grands avaient aidé pour le repas et Farida s'était occupée des tout-petits. Ils avaient dîné. Jean allait rentrer tard. Fabien avait fait effort pour être, malgré tout, agréable aux invités de son frère. Puis ils s'étaient retirés discrètement dans les chambres qui leur étaient attribuées.

Quand le père franchit le seuil de l'appartement, il sut aussitôt qu'il allait devoir gérer une nouvelle excentricité d'Antoine. Il ne se trouvait pas en dispositions favorables pour faire preuve de compréhension et d'ouverture. Il venait de vivre une journée de boulot particulièrement épouvantable. Son rapport sur la sécurité de la ligne Paris-Clermont Ferrand avait été enterré, il s'était méchamment engueulé avec son chef et avait été désagréable avec ses équipes. Pour couronner le tout, il s'était fait voler son portefeuille dans le métro.

— Toinou !
— Oui, daddy.
— C'est quoi ce campement chez moi ?
— C'est Saïd et Farida, ils ont été expulsés avec leur quatre enfants parce qu'ils pouvaient plus payer leur loyer...
—Toinou, j'ai eu une journée noire, je voudrais être tranquille dans mon appartement. Il y a un bébé qui hurle, mon bureau est devenu un dortoir et je

découvre que tu héberges six personnes.

— C'est pour dépanner.

—Non, non et non ! Tu appelles un centre d'hébergement, tu les aides comme tu veux mais on ne va pas accueillir tous les sans-abris ici.

— C'est pas tous les sans-abris, c'est juste une famille. On va pas les mettre à la rue.

Jean se prit la tête entre les mains. Il s'était choppé la migraine et elle le faisait affreusement souffrir.

—Tu vas m'achever. Tu feras ce que tu veux quand tu auras un chez-toi. Pour l'instant, tu vis chez moi. Ça veut dire que tu me demandes mon avis avant de faire venir du monde.

— Tu es égoïste, papa. Et ma chambre ? C'est à moi, quand même ! Je peux bien héberger du monde dans ma chambre.

—Bon, Antoine, j'ai pas la force de discuter ce soir. Pour tout te dire, je refreine une violente envie de te coller une paire de claques. Alors, j'accepte ton cirque pour cette nuit. Mais demain, tu te débrouilles pour trouver une autre solution. Compris ?

—Bin, j'ai pas le choix.

—Non, tu n'as pas le choix.

— Tu as de quoi manger sur la table de la cuisine.

—Merci, mon fils.

Il n'osa pas lui dire qu'il n'avait pas faim du tout. Il s'assit à la table de la cuisine, posa son front dans la paume de sa main. Le nourrisson avait fini de brailler L'appartement était plongé dans un silence dans lequel il s'abandonna.

-4-

—Thierry, je suis amoureux. Follement amoureux. Au quatrième degré. Carbonisé !

— Encore !

—Mais cette fois, c'est pas pareil. Je ressens quelque chose que j'ai jamais ressenti. Je suis sûr que c'est du solide.

—Comme à chaque fois.

—Je vais te la présenter, tu verras.

—Fais gaffe. Si elle me voit, elle risque de t'oublier. Tu connais pas l'effet « Thierry ». Je suis le chéri de ces dames.

—Je partage tout avec toi, tu le sais. Mais quand même, ne sois pas trop gourmand.

—D'accord, je vais me maîtriser. Elle est où ta nouvelle fiancée ?

— Elle travaille à la bibliothèque municipale. Elle lit des contes pour les enfants. On y est allé avec les gamins de SFM. Elle m'a scotché. Je l'ai invitée à boire un verre. Je lui ai fait mon grand numéro de séduction. Elle m'a raconté sa vie. Je lui ai dit le poème, tu sais : « je suis le ténébreux, le veuf, l'inconsolé …

— … Le Prince d'Aquitaine, à la Tour abolie…

—… Ma seule étoile est morte. »[2]

— Et ça a marché ?

—Bin oui !

— Elle s'appelle comment ?

—Emmanuelle.

— Et tu la revois quand ?

—Ce soir.

—On a le temps de sortir avant.

—Oui, mais si ça t'ennuie pas, on va à la mairie. Je dois m'assurer qu'ils ont trouvé un logement pour Farida et sa famille, tu sais, ceux qui ont été expulsés.

—Oui, tu m'en as parlé hier. Tu devais les emmener chez toi.

—C'est ce que j'ai fait mais mon père, c'est un égoïste. Il était pas content et n'a pas voulu qu'ils restent plus d'une nuit.

—Je peux le comprendre.

—Oh non ! Pas toi, Titi ! Je te jure, sur le moment, je l'ai trouvé vraiment

---

[2] *El Desdichado. Gérard De Nerval.*

nul, mon père. Bon, il avait eu des problèmes au boulot et s'était fait chourer son portefeuille. Il était contrarié. Donc je peux l'excuser.

— Heureusement, Toinou. Tu sais, il y a que toi qui vis les choses avec tellement de légèreté que tu peux tout accepter, tout supporter. Les autres, comme moi ou ton père, ils ont besoin de tranquillité pour pouvoir se ressourcer et surmonter les problèmes.

-5-

Ils s'étaient donné rendez-vous dans une pizzeria près de la Porte de Montreuil. Antoine arriva le premier, un bon quart d'heure à l'avance. Elle le rejoignit un peu essoufflée, chargée d'un sac de sport dont il découvrirait qu'il ne contenait pas baskets et survêtement mais tracts et affiches. Après l'avoir salué, elle lui déclara :

— J'ai voulu qu'on se revoie parce que j'ai vu tout de suite que tu t'intéresses à la politique.

— Oui, oui, beaucoup, mentit Antoine, déçu quand même, lui qui espérait l'avoir séduite.

—Moi, je suis communiste, je milite à l'UEC[3].

—Moi aussi, je suis communiste. Mais je ne milite pas. Enfin pas encore.

Il n'était pas question d'avouer qu'il ignorait ce qu'était l'UEC.

—Tu es au courant de notre action contre l'apartheid ?

—Oui, j'en ai entendu parler.

---
[3] *UEC : Union des Etudiants Communistes*

—Mais il faut agir Antoine. Il faut amplifier la pression internationale pour faire tomber ce régime abject. Mitterrand se compromet avec Botha. C'est inadmissible. On appelle au boycott de tous les produits venant d'Afrique du Sud. Toute l'économie est aux mains des blancs là-bas, les noirs n'ont accès à rien. Alors, la pression économique c'est efficace. Tu ne penses pas ?

—Si, carrément.

—Tiens, j'ai une pétition. Tu veux bien la signer ?

—Tu peux même m'en donner quelques exemplaires, je la ferai signer autour de moi.

— Super !

Elle lui parla aussi de la répression de Margaret Thatcher contre les mineurs anglais, des Sandinistes au Nicaragua qui avaient renversé leur dictateur et luttaient vaillamment contre les États-Unis et les contre-révolutionnaires. Il buvait ses paroles, s'en voulant d'être aussi ignorant de toutes ces questions. Il avait voté pour la première fois aux élections européennes et comme son père, il avait donné son suffrage à la liste socialiste. Ses grands-parents avaient fait la fête en 1981 lors de la victoire de François Mitterrand. On était de gauche, ça oui ! Mais on ne parlait pas beaucoup politique à la maison et lui encore moins, avec ses amis. Il savait que son maire était communiste mais pour lui, ça ne faisait pas beaucoup de différence. Jean, quant à lui, détestait la propagande et l'endoctrinement. Pourtant, devant Emmanuelle, Antoine se sentait capable de chanter un hymne à Staline. Il voulait lui montrer sa totale adhésion à tout ce qu'elle représentait. A la réflexion, il finit par se sentir un peu ridicule d'acquiescer bêtement à tous ses enthousiasmes, elle attendait peut-être un peu de contestation de sa part.

Il s'entendit dire malgré lui :

— Et l'impérialisme soviétique t'en penses quoi ? Vous êtes toujours inféodés à l'URSS.

— Mais, non c'est fini. Le grand frère et tout ça. On a notre esprit critique. Tu vas pas me jouer cet air là.

— Non bien sûr. Je disais ça pour t'embêter un peu.

Elle avait déchiqueté la note que le serveur avait déposée sur leur table, en tout petits morceaux qu'elle continuait de déchirer jusqu'à ce qu'ils deviennent poussière.

— J'espère que mon cœur n'est pas comme cette feuille de papier pour toi et que tu ne le réduiras pas en pièces de cette manière.

Elle rougit et fixa les restes de l'addition. Elle le regarda, troublée par ce brusque changement de registre. Il l'avait déjà surprise la dernière fois en lui déclamant un poème.

— Tu veux pas venir à une réunion de l'Union des Étudiants Communistes ?

— Bin je suis pas étudiant. T'es étudiante, toi?

— Oui. La bibliothèque, c'est juste un petit job pour financer mes études. Toi tu es animateur à plein temps?

— Non ça c'est bénévole. Mon travail, c'est poser chez un peintre.

— Ouah! Ça veut dire que tu es beau.

— Merci! Je pensais que tu l'avais déjà remarqué.

Elle rougit de nouveau. Il s'empressa d'ajouter :

— Je rigole. C'est pas une question de beauté, la compétence requise c'est de savoir rester immobile.

— C'est pas drôle comme boulot.

— En fait pendant ce temps-là, tu peux réfléchir à la révolution ou rêver à la fille que tu aimes. Selon ton inspiration.

Elle n'imaginait pas qu'elle puisse lui plaire. Elle se disait que ce devait être un dragueur, qu'il aimait séduire sans suite. Elle ne cherchait pas à plaire, portant des pulls trop larges, des jeans sans forme et des clarks, se laissant pousser les cheveux n'importe comment et ignorant le maquillage. Depuis ce viol à 17 ans, elle avait décidé de se vouer corps et âme à la révolution. Puisque son corps ne valait que d'être pris de force et que tout le monde s'en foutait, elle se réservait pour le combat, le beau combat pour l'humanité libre. Elle n'était bonne qu'à ça. Sophie n'avait pas bu le cocktail bizarre, Emmanuelle si. Elle avait alors suivi ce blond frisé qui semblait si fébrile. Elle avait dit non, avait résisté mais elle était sans force, sans cri, sans capacité.... Quand elle s'était enfuie, elle se sentait complétement abîmée. Elle en avait parlé à Sophie qui lui avait conseillé d'avertir ses parents. Aucun soutien, des insultes. C'était pas facile de dire les choses, elle l'avait sans doute mal exprimé. "Salope!" Et on avait quitté le camping comme des voleurs. Alors elle s'était engagée. Elle voyait donc cet Antoine comme une recrue et non un amoureux. Une recrue sympathique, attendrissante mais simplement une recrue. Emmanuelle était brillante étudiante, major de sa promotion et elle n'avait qu'une idée en tête « changer le monde ».

Il lui prit la main, doucement. Elle se raidit mais le laissa faire.

— Je serai ton fidèle militant, Emmanuelle.

Ce ne furent pas de vaines paroles. Le soir même, il récupéra, pour la pétition réclamant des sanctions économiques contre l'Afrique du Sud, la signature de Jean et de sa femme du moment, puis celle de tous ses amis, connaissances et voisins. Le lendemain, il emprunta une vieille polycopieuse à un ami instituteur. Il rédigea un texte appelant la population à apporter au siège de la CGT des jouets et cadeaux pour les enfants des mineurs anglais en grève. Il prit soin d'en demander relecture à Fabien, puis en fit un tract manuscrit faute de machine à écrire. Toujours assisté de son petit frère, il en réalisa, avec la polycopieuse, une centaine d'exemplaires. Fabien participa avec enthousiasme à cette entreprise excitante, fier d'être le complice d'un frère qu'il adorait mais qu'il ne comprenait souvent pas. Il jura de garder le secret, le père ne devait pas être informé de cette action, il désapprouverait certainement. A deux, ils distribuèrent les tracts dans les boîtes aux lettres du quartier. Ils ne surent jamais si leur appel contribua à la vaste opération de solidarité organisée par la centrale syndicale mais ils se réjouirent et se sentirent fiers quand ils surent que de nombreux cadeaux furent envoyés aux enfants de mineurs.

Emmanuelle passait de plus en plus de temps avec son fidèle militant.

-6-

— Je me fais servir comme un roi, constata Thierry, tandis qu'Antoine s'affairait dans la cuisine de son ami.

— Tu sais, Thierry, depuis tout petit, je fais la cuisine à la maison. C'est le seul domaine où je peux briller devant mon père et mon frère. Alors pour moi, c'est pas vraiment un effort de préparer des côtelettes d'agneau et un gratin dauphinois pour mon copain. En plus ta cuisine, par rapport à celle de mes autres amis, elle est géante.

— Bin oui, c'est conçu pour moi et mon engin.

— Sache que c'est très pratique pour tout le monde. C'est le rêve de cuisiner ici. Remarque, chez moi c'est pas mal non plus. Faut dire qu'on a un grand appartement. On est des riches. Surtout mon père d'ailleurs. Moi, je me demande bien si je pourrai me payer un appartement un jour.

— Tu peux venir vivre ici, si tu veux.

— Tu es super, mon vieux. C'est sympa de ta part mais je préfèrerais habiter avec Manu.

— Ah, la délicieuse Manu, la merveilleuse Manu !... Moi je crois qu'elle est plus amoureuse du Parti que de toi. C'est Georges qu'elle voudrait épouser[4].

— Tais-toi va, au lieu de dire des conneries !

— Il est cuit ton gratin ?

— Oui c'est tout bon. T'as que du coca à boire ?

— Désolé.

— Ça va gâcher mais tant pis. Allez à table !

Ils dévorèrent, se régalèrent, léchèrent leurs assiettes. Après avoir complété leur repas avec une Danette au chocolat et un café, ils décidèrent d'aller au cinéma *le Méliès* à la Croix de Chavaux.

— On va voir *Love Streams* de Cassavetes, proposa Thierry.

Antoine était toujours ouvert à toutes les expériences cinématographiques, il acquiesça d'autant plus facilement que la séance

---

[4] *Georges Marchais, secrétaire général du Parti communiste français de 1972 à 1994*

débutait dans quarante-cinq minutes, ce qui leur laissait le temps d'arriver tranquillement. Alors qu'ils passaient devant la mairie, Antoine s'entendit interpeler :

— Toinou ! Toinou ! Tu tombes bien, tu es vraiment le gars que je voulais rencontrer aujourd'hui.

Il reconnut Jean-François, une vieille connaissance. Gosse de riche, capricieux et déjanté, Jef avait eu un certain ascendant sur lui lorsqu'Antoine avait abandonné les études et se trouvait alors désœuvré. Le fils à papa fréquentait le lycée Jean Jaurès de manière très intermittente. Il fricotait donc avec tous ces jeunes déscolarisés, futurs chômeurs qui tuaient l'ennui de toutes les manières accessibles sans ressources et sans efforts. Il leur apportait des idées de mauvais coups et leur ouvrait des portes grâce à l'argent dont il disposait. Ce rôle de financeur et d'inspirateur lui conférait un pouvoir certain sur le groupe. Antoine l'admirait et son naturel le portant à faire le bonheur des autres, il veillait constamment à ce que Jef soit satisfait, à ce que ses désirs soient comblés. Si le caïd voulait des cigarettes, Antoine filait lui en chercher. S'il voulait sortir avec une fille, Antoine jouait les rabatteurs pour lui. S'il était déprimé – ce qui lui arrivait souvent – Antoine lui remontait le moral. Cette période laissait à Antoine un sentiment d'échec et de honte. Il ressentit donc de la contrariété à ces retrouvailles.

— Salut ! Tu vas bien, Jef ? Heureux de te revoir. Je suis désolé, on est un peu pressé, on a une séance de ciné dans un quart d'heure.

— Merde ! Tu vas pas laisser tomber ton vieux copain, pour une séance de ciné. J'ai vraiment besoin de te voir. Tu comprends ?

Antoine avait pris de l'assurance pendant les deux ans qui les séparaient de cette époque où Jef régnait en maître.

— Oui je comprends. Mais, là c'est pas possible.

— Alors, on se donne rendez-vous à ce soir. Tu me retrouves chez moi. J'habite rue Marceau. D'accord ?

Il accepta. Après tout, il n'avait aucune raison d'avoir peur et aucune raison non plus d'en vouloir à ce garçon. A seize ans, ils étaient déboussolés, lui comme Jean-François. Ils avaient fait des bêtises ensemble, et lui, Antoine avait été particulièrement faible. *« Si tu te fais ver de terre, ne te surprends pas si on t'écrase avec le pied »*[5]

Thierry et Antoine s'enthousiasmèrent pour le film.

— Ils sont insupportables, quand même, Robert et Sarah, dit Thierry.

— Peut-être mais attachants, ils veulent faire bien et ça ne marche pas. On est tous un peu comme ça, non ?

— En tout cas, méfie-toi de ce gars, ce Jef qu'on a rencontré tout à l'heure. Si tu vas le voir ce soir, ne te laisse pas embobiner. Il m'inspire pas confiance. Mais alors pas du tout.

— Tu es dur, Thierry. Moi je trouve qu'il avait l'air paumé. Autrefois, il me fascinait, là il m'a fait pitié.

---

[5] *Emmanuel Kant*

— Saint Antoine au secours des brebis égarées.
— Saint Thierry, juge impitoyable des vivants et des morts.
— Non, c'est pas ça du tout. Saint Thierry, protecteur des têtes brûlées !
— Je suis une tête brûlée, moi ?
— Exactement, Monsieur.
— Tu te trompes sur toute la ligne. Une tête brûlée, c'est quelqu'un qui n'a pas conscience du danger. Moi, j'ai parfaitement conscience des dangers. Et j'avance quand même.
— Alors ça s'appelle du courage ?
— Parfaitement, on peut le dire !
Antoine éclata de rire.
— Prétentieux ! lui rétorqua son ami.
— Ok j'accepte ça aussi. Courageux et prétentieux, me voici en deux mots défini.
— C'est vraiment n'importe quoi ! Moi je dirais plutôt généreux et spontané.
— Oh là là ! Alors à moi de te qualifier ! Je dis généreux et réfléchi.
— On a quand même un point commun. Sur deux critères, c'est pas mal.

— Eh oui chéri, et voilà qu'on est arrivé ! Il faut que j'aille à SFM maintenant. Aujourd'hui j'avais pas Marcello mais j'ai les gamins. Alors ciao, camarade ! Tu as tout ce qu'il te faut ?
— Yes ! Va tranquille !
— Ok, je te raconterai comment le loup ne m'a pas mangé.
— Au fait, demain est un grand jour, j'ai mon nouveau fauteuil !
— Et tu me l'avais pas dit !
— Je pourrai voyager tout seul.
— Tu ne veux plus de moi, alors ?
— Bin, tu ne vas plus servir à grand-chose mais tu pourras toujours me faire la cuisine et la conversation.
— Bon ça me rassure.
— Bonne soirée, frère.
— A demain.

-7-

La piaule était glauque et sinistre. Antoine se demandait comment cet héritier né avec une cuiller en argent dans la bouche avait pu tomber si bas. L'humidité s'infiltrait partout, une persistante odeur d'égout lui levait le cœur. On n'y voyait pas grand-chose, une faible ampoule éclairait ce qui servait d'ameublement : un matelas couvert de draps douteux, des coussins, une planche sur des tréteaux, un petit évier débordant de vaisselle sale et un butagaz. Jean-François s'était affalé sur les coussins, il avait dans le regard une lueur de folie.

— Tu vois, mon vieux, c'est la déchéance, la descente aux enfers.

— Qu'est-ce qui s'est passé ?

— J'ai rompu avec mes parents, ces gros porcs me faisaient trop gerber. J'ai coupé la pompe à fric. Du coup, je vis de mes propres moyens qui sont à peu près aussi nuls que ma vie. Alors je vis comme un cafard.

— Tu es courageux de subvenir tout seul à tes besoins.

Jef fut secoué d'un ricanement mauvais. Il cracha par terre.

— Ta gueule ! Arrête ton char, j'ai pas besoin de ta pitié. Vomis-moi comme je me vomis et comme je vomis le monde.

— Jef, tu m'as dit que tu avais besoin de moi. Si c'est pour t'enfoncer, je ne suis pas la bonne personne. Moi je trouve que tu es un mec qui pourrait réussir de grandes choses. Tu as une imagination formidable, tu sais commander, tu as de l'énergie à revendre...

— Putain, mais tu l'as bien vue l'énergie. Je me traîne comme une limace. Je suis foutu *man*, foutu.

— Si tu veux, on peut sortir. Ici c'est triste à mourir. Je comprends que ça te file des idées noires.

— On est bien ici, je trouve.

— Ok. On reste ici. Tu as quelque chose à boire ?

— Tu es vulgaire, Toinou. Regarde j'ai mieux.

Il sortit de dessous son matelas un revolver qu'il braqua sur son invité. Antoine sursauta et s'écarta au fond de la pièce. La fièvre brillait dans les yeux du désespéré, comme deux braises incandescentes sur son visage blafard.

— Pose ça Jef. Déconne pas.

L'autre pointa alors l'arme sur sa tempe.

— Faut pas avoir peur. Il y a qu'une balle pour six coups. Roulette russe.

— Je joue pas à ça, moi !

— Mais si, regarde.

Il pressa sur la gâchette. Il ne se passa rien.

— Pas de cartouche, ce coup-ci, s'excitait Jef.

Antoine était pétrifié. L'arme fut de nouveau dirigée vers lui et Jef tira de nouveau sans effet. Il allait remettre ça. Antoine se propulsa en avant et se jeta sur lui. Il dévia son bras. Le coup partit et la balle se ficha dans le mur, juste en dessous de la fenêtre.

— Quel gâchis ! hurla Jef.

Antoine tremblait de la tête aux pieds, il étouffait. Il allait faire une crise. Il s'allongea sur les coussins en priant pour que le barillet ne contienne effectivement plus d'autre balle.

— Ne te prends pas pour un héros. Tu m'as pas sauvé la vie, tu m'as perdu la mort, éructa Jef.

Le jeune homme se redressa d'un bond, il se précipita de nouveau sur son ancien copain et le prit vivement par le col pour le tirer hors du matelas et le mettre sur pied. L'autre, désarçonné, ne se débattit pas. Antoine lui plaça la tête sous le robinet et fit couler l'eau à plein jet. On cognait à la porte, la détonation avait rameuté les autres habitants de l'immeuble. Laissant le suicidaire dégoulinant sur place, il ouvrit la porte.

— Tout va bien. On a évité la catastrophe. Mon copain voulait se suicider mais il s'est raté. Ne vous inquiétez pas, on ne risque plus rien, il y a plus de balles.

— Il faut appeler la police, répondit une voisine d'un certain âge.

— Plutôt un médecin, corrigea un autre qui n'avait pas trop envie de voir les flics fouiner dans ses parages.

— Ecoutez, je vous promets que tout est fini. Je vais m'occuper de mon ami et j'appellerai le médecin dès qu'il sera un peu plus détendu.

Il réussit à renvoyer les voisins dans leurs appartements.

— Bon j'appelle le médecin ?

— Ils vont m'enfermer. Si tu fais ça, je me jette par la fenêtre ou je m'entaille les veines avec un couteau.

— Alors on fait quoi ?

— Je suis en manque. Si je nourris le singe, ça ira mieux.

Devant l'expression incrédule d'Antoine, il précisa :

— Il faut que tu me trouves de la blanche, de l'héro.

— Ouah ! Comment je fais ça moi ? Il y a pas des trucs en pharmacie pour remplacer ?

— Laisse tomber. C'est de la merde. Tu veux pas m'aider ?

Il l'avait embarqué dans son délire et avait failli le tuer. Si on y réfléchissait bien, il aurait suffi que la cartouche soit dans le trou juste avant et la mort était pour lui qui n'avait aucune envie de crever. Il pensait : *je ne voudrais pas continuer à te faire perdre ta mort*, mais c'eût été tellement cruel.

— Tu m'en demandes beaucoup, mec.

— Je sais qu'on peut t'en demander beaucoup.

— Comment il faut faire ?

— Tu vas au Paris et tu demandes Eric de la part de Jean-François Stohl. Il saura.

— Et toi, tu vas pas déconner, si je te laisse ?

— Qu'est-ce que ça peut foutre, au fond ?

— Dans ce cas-là, j'appelle un médecin.

— C'est une obsession, le médecin ! Vas-y, j'ai tellement envie que je tiendrai le coup jusqu'à ce que tu reviennes.

-8-

Il se dirigea d'un pas mal assuré vers le comptoir.

— Je voudrais voir Eric, de la part de Jean-François Stohl.

— Eric ? Tu lui veux quoi à Eric ?

— C'est Jean François qui m'envoie. C'est pour une urgence. Il me faudrait un peu de …

— Du chocolat ?

— Non pas exactement…

— Bon, descends aux chiottes. Eric va te rejoindre.

Antoine se retrouva à attendre devant les lavabos. Il réalisa, un peu tard, qu'il n'avait pas plus de vingt francs dans les poches et que ce machin-là, ça devait coûter beaucoup plus. Il se demandait comment il s'en tirerait pour obtenir la marchandise avec un si maigre acompte. S'il expliquait que son copain avait tenté de se tuer tant il était en manque, le gars accepterait de lui faire crédit. Cependant Jef ne devait pas avoir beaucoup d'argent non plus avec lui. Il faudrait qu'il emprunte. A qui ?

Thierry ? Ou son père ? Les pas dans l'escalier le sortirent brusquement de ses cogitations. Ils étaient deux. Eric était accompagné.

— Alors comme ça tu viens de la part de Jean-François Stohl ?

— Oui, m'sieur. Il va très mal. Il s'est tiré dessus avec un revolver. Il a besoin de came rapidement. Donc je suis venu vous trouver.

— Pauvre petit Jef, ça fait vraiment de la peine. Pas vrai Jo ?

— Ah ouais, moi j'en ai la larme à l'œil.

Ils se foutaient de sa gueule, ce n'était pas bon signe. Il avait envie de tailler la route.

— C'est que j'ai pas beaucoup de sous sur moi. Alors il m'en faudrait juste un peu pour dépanner.

— Pour dépanner. Tu entends Jo. On doit dépanner le gars qui nous doit trois-mille balles.

Mon Dieu, il ne lui avait pas dit ça, Jef. Il leur devait trois-mille francs. C'était vraiment fichu.

— Ok, je savais pas. Je suis désolé. Je vais m'en aller. Je me débrouillerai autrement.

Il essayait de passer pour remonter mais les deux types, au demeurant très baraqués, lui barraient le passage.

— Pas si vite mon garçon. Puisque tu viens de sa part, tu vas nous les filer les trois-mille balles. Un beau gosse, tout propre comme toi, ça a du flouze, non ?

— Désolé, j'ai que vingt francs sur moi. Je peux vous les donner mais je ne crois pas que ça va vous suffire.

— Vingt francs, tu l'entends ? Faut pas se foutre de notre gueule, gamin.

— Non c'est très vilain de se moquer des braves gens.

— Je reviendrai...

— Ah mais ça va pas, ça. On n'a pas confiance, nous. On a vu que vous étiez des arnaqueurs, toi et ton copain Stohl.

— Je vous jure que je reviendrai.

— Bin, on va t'en coller une pour t'apprendre à te moquer de nous.

— Ouais, une bonne raclée histoire que tu te souviennes de nous, que tu penses que tu dois revenir.

Antoine essaya une nouvelle fois de prendre la fuite mais l'un des deux nervis lui balança un violent coup de poing dans la face. Ils le rouèrent de coups, il tentait vainement de se protéger, encaissait mal dans l'estomac, sur le visage, dans les jambes, dans les parties. Il finit par s'écrouler sur le carrelage.

— Tiens, prends-toi encore ça dans la tronche, petit merdeux. Et tâche de revenir demain avec l'oseille sinon on te retrouve et on t'achève.

La grolle en plein front lui fit perdre connaissance. Quand il reprit ses esprits, deux jeunes qui parlaient en arabe se tenaient accroupis à côté de lui, l'un d'eux lui essuyant le visage couvert de sang avec un linge humide.

— Je crois que je me suis fait tabasser, s'étrangla-t-il.

Il tourna la tête sur le côté et cracha du sang.

— Tu veux un toubib ? lui demanda un des deux maghrébins.

Il se remémorait la scène chez Jean-François et il s'entendait comme en écho poser cette question. Il aurait mille fois mieux valu appeler un médecin à ce moment-là. On était bien avancé maintenant !

— Non ça va aller. Par contre, vous auriez pas de la came, n'importe quoi, un truc pas cher. Juste pour vingt francs, c'est tout ce que j'ai. C'est pas pour moi, c'est pour un ami qui déprime.

— Vingt francs, tu vas pas loin avec ça. On te fait cadeau d'un pétard.

— Super ! Merci.

— Tu es sûr que ça va aller ?

— Oui. Regardez ! Je suis un dur malgré tout.

Ils le regardèrent remonter les escaliers en tanguant un peu. Ils craignaient qu'il ne s'étale à nouveau mais il réussit à regagner la piaule de Jef. Le voyant tout amoché, Jef prit peur. Antoine lui tendit le pétard.

— Tu leur dois trois-mille balles. Ils ont failli me tuer. Ils m'ont rien donné évidemment et ils m'ont tabassé à mort. Si je leur ramène pas le fric demain, ils me zigouillent. Alors je t'ai récupéré ce pétard et j'espère que ça va te calmer parce que je ne peux rien faire de plus. Le pétard, j'ai bien failli le garder pour moi tellement ça m'a démonté tout ça. Maintenant tu vas me faire plaisir, tu te fumes le joint et tu restes tranquille. Tu m'as tué deux fois.

— C'est bon. On va faire comme ça. Et demain, tu vas me rapporter de la blanche ?

Pour avoir la paix, il n'eut que la force de répondre :

— On verra. Allez ciao, à plus !

Il ne pouvait pas rentrer à cette heure et dans cet état chez lui. Il fallait d'abord se rafistoler un peu. Il devait être minuit passé. Ses pas l'entraînèrent chez Emmanuelle.

-9-

Quand il se trouva au pied de son immeuble, Antoine envisagea qu'elle ne lui ouvrirait sans doute pas. En pleine nuit, elle ne s'attendrait pas à lui. Il était toutefois bien incapable de remonter jusqu'à Paul Signac pour rentrer chez lui. Il tentait sa chance. Il appuya longuement sur la sonnette. Des bruits de pas se firent entendre suivis d'un froufroutement de tissus mais la porte ne s'ouvrit pas. Il se plaça bien en face du judas et sonna de nouveau trois coups brefs. Il ajouta d'une voix ferme mais étouffée pour ne pas réveiller tout l'étage :

— Manu, c'est moi, Antoine !

Il perçut le même bruissement que précédemment.

— T'es fou ! T'as vu l'heure !

Elle apparut, les yeux pleins de sommeil, vêtue d'une chemise de nuit en coton blanc. Quand elle le découvrit, déchiré de partout, le visage tuméfié, la chemise maculée de sang, elle poussa un cri :

—Qu'est-ce qu'il t'est arrivé ?

— Je me suis fais rosser. Je peux entrer ?

— Viens t'étendre sur le canapé. T'as rien de cassé ?

—Non, ça va mais j'ai eu mon compte de traumatisme.

Elle avait disparu à la salle de bain et revint avec un flacon de Bétadine, du coton hydrophile et des compresses. Tandis qu'elle entreprit de désinfecter et panser ses plaies, Antoine lui raconta la succession de mésaventures de sa soirée.

—Il te tire dessus et toi, tu vas lui chercher sa came ! Mais tu vas te faire bouffer si tu es si gentil avec ce genre de personnage !

—Ecoute, Jean-François n'est pas « ce genre de personnage », il avait pété les plombs, il avait vraiment de la folie dans les yeux. Il était complètement désespéré, il voulait se tuer et il s'est pas rendu compte qu'il pouvait aussi me tuer, moi.

— Je veux bien mais mourir sous les balles d'un fou, c'est quand même mourir.

— Bon, j'étais pas mort et donc je pouvais encore l'aider.

—Tu me fais peur à accepter des trucs pareils. C'était chelou le coup de la drogue dans les chiottes, non ? Et puis, sans fric, tu allais au casse-pipe.

—Me fais pas la morale, ma p'tite Manu, s'il te plaît.

— Je te fais pas la morale. J'ai juste la trouille pour toi. Tu es le type le plus gentil que je connaisse. Viens dans mes bras que je te donne un peu de douceur après toute cette brutalité.

Elle avait abandonné toute sa réserve, tellement touchée par la candeur et l'inconscience d'Antoine. Pour le soigner, elle lui avait ôté sa chemise déchirée ; il sentait la chaleur de son corps sur le sien, ses seins à travers la mince étoffe de sa liquette.

— Je peux dormir chez toi ?

-10-

Ah, cher Jean-François, quelle bonne idée tu as eue de m'embraquer dans ta folie ! Merci pour ce coup de feu ! Merci pour cette quête de came dans les sous-sols d'un bar miteux ! Merci pour m'avoir mené à ces bourreaux qui m'ont mis cette violente raclée dont j'ai bien cru ne pas me relever ! Merci, Jean-François ! Car tout cela m'a permis d'atterrir dans le lit de ma douce. Je suis toujours partant pour l'enfer s'il est le passage obligé vers le paradis. Manu, ma tendre Manu,…Il va quand même falloir que je trouve trois-mille balles pour éviter un aller simple en enfer, sans retour dans les bras de mon aimée cette fois, ou alors froid. Comment vais-je m'en tirer ? J'ai pas dit à Manu qu'il me fallait l'argent aujourd'hui parce qu'elle aurait été capable de vouloir m'aider. Or pas plus que moi, elle n'a un sou vaillant. Et si je leur apportais pas l'argent ? Après tout, comment ils vont me retrouver ? Ils me connaissent pas. Ils savent même pas mon nom. Je n'ai qu'à laisser tomber. On oublie. On passe à autre chose... C'est un peu risqué quand même. Quand on voit ce dont ils ont été capables, on ne les prend pas à la légère. Non. Je dois payer. Je vais devoir taxer mon cher papa. Il va encore me trouver nul. Il me dépannera, il soupirera, il dira : tu ne sais rien amener d'autre que des ennuis. Je m'excuserai, je lui promettrai de tout rembourser... Et Marcello ? Un vrai tyran, mais il m'aime bien. Il joue les pauvres, pourtant je sais qu'il a une magnifique baraque. Il doit avoir des tunes, ça marche bien sa peinture. Si je demandais à Marcello de m'aider ? Ce serait infernal. Il ne manquerait pas de rappeler ma dette à chaque séance de travail. Elle justifierait tout : les heures supplémentaires non payées, les ordres donnés comme à un chien, les colères noires,...Je n'aurais plus le droit de protester. Et puis, Marcello ne me ferait pas de cadeau, il exigerait un remboursement intégral. Jean, lui, se contenterait d'un remboursement partiel et attendrait le temps qu'il faudrait.

Remis sur pieds, Antoine se dirigeait vers l'atelier du peintre en envisageant les différentes solutions pour se sortir du pétrin où il s'était fourré la veille.

Et les parents de Jef ? Après tout, ils sont pleins aux as et ils sont quand même plus légitimes que moi pour financer les conneries de leur fils. Oui mais voilà, j'ignore comment les contacter rapidement. L'idée c'est donc un préfinancement par papa et une récupération rapide des fonds auprès de monsieur et madame Stohl, entrepreneurs et parents d'un désespéré.

—Excuse mon retard, Marcello.

—Ton retard, je veux bien mais ta gueule, c'est vraiment pas possible. Qu'est-ce qu'on va faire avec une pareille gueule cassée ?... Oh là là et puis le reste vaut pas mieux ! Putain mais comment tu as fait ton compte pour te retrouver si méchamment amoché ?

—C'est un copain qui m'a envoyé chercher sa came et il avait trois-mille balles de dettes. Alors ses dealers m'ont défoncé.

—T'es couillon, toi ! On va jamais faire ce genre de courses pour les autres. Qu'est-ce qu'il consomme ton pote ?

—Héro.

—S'il est toujours en manque, je veux bien te dépanner mais les trois-mille, c'est pas possible.

—Je t'ai pas demandé, Marcello.

—Bon, qu'est-ce qu'on va faire, nous ?

—Si c'est pas possible de travailler comme ça, je m'en vais. J'ai trois-mille francs à trouver.

— Si ! Ça va être possible. On va faire un nouveau tableau : *le martyr des temps modernes*.

-11-

Antoine espérait que Jean ne rentrerait pas trop tard ce soir-là. Il avait dû expliquer à Fabien pourquoi il se trouvait quelque peu défiguré, en évitant soigneusement tous les détails les plus alarmants. Lorsqu'il entendit la clé dans la serrure, il prit un torchon qu'il plaça devant son visage et lança :

—Papa, mon beau visage d'ange a subi quelques dégâts. Ne t'inquiète pas lorsque je vais ôter ce voile. Ne t'inquiète pas, tout va se réparer et bientôt j'éblouirai de nouveau les filles avec mon physique de statue grecque.

Il découvrit son visage.

—Oui, je sais, ça fait peur. J'ai lutté vaillamment, j'ai souffert en silence et maintenant j'ai un truc à te demander.

— Oh là là, Toinou, arrête ton baratin. Qu'est-ce qui s'est encore passé ? Tu as nettoyé ces plaies, tu t'es fait soigner ?

— Oui, tout va bien. J'ai été pris en charge par la meilleure infirmière…

— Comment c'est arrivé ? Tu as encore défendu la veuve et l'orphelin et ça a mal tourné ?

—Voilà ! Exactement. Sauf que la veuve et l'orphelin, c'est un ancien copain qui est devenu camé jusqu'au trognon et suicidaire.

Antoine lui conta les évènements de la veille en concluant sur la menace de mort qui pesait sur lui s'il ne payait pas.

— Dis donc, trois-mille ! Formidable ! Et les parents de ce Jef ?

— Oui, il faudra qu'ils remboursent. Mais pas ce soir. C'est trop court.

—Parce que tu crois que moi, je les sors comme ça ?

—Bin oui, je sais que c'est beaucoup mais je crois que tu peux. Parce que tu es prévoyant, que tu as toujours un peu d'argent de côté en cas de difficulté. Je te promets que je vais aller trouver les parents dès demain et que tu vas récupérer très rapidement le fric.

Jean soupira :

—Tu ne sais rien ramener d'autre que des ennuis.

—Ecoute papa, je suis sûr que tu aurais fait pareil. Souviens-toi de l'oncle Patrick.

L'oncle Patrick, c'était le petit frère d'Annie, un militant d'extrême gauche bien radicalisé qui avait choisi d'utiliser les grands moyens pour mettre à bas le système capitaliste. Les enfants étaient encore petits, Patrick était blessé et recherché par la police et était venu se réfugier chez eux. Jean n'avait pas hésité à l'accueillir, à l'emmener secrètement consulter un ami médecin et à le cacher quitte à connaître quelques ennuis avec la police. Cette histoire avait profondément marqué Antoine.

—Non, je n'aurais pas fait pareil. Ton copain, c'est un médecin qu'il lui fallait, pas de l'héroïne.

—C'est facile à dire. Il menaçait de se défénestrer.

—Il aurait été plus facile à maîtriser que tes deux enragés de dealers.

—Bon tu veux que je te dise que je me suis planté, que j'ai merdé, c'est ça ?

—Non, Toinou. Pardonne-moi. Je sais, les désespérés, les drogués, c'est pas simple. Tu as fait ce que tu croyais bien. Je ne te critique pas. Je vais t'aider. Et puis je vais m'occuper des Stohl. Il faut qu'ils assument eux aussi.

-12-

Au Paris, il retrouva, derrière son comptoir, le type de la dernière fois.

—J'ai quelque chose pour Eric.

—Descends et att…

—Non, je ne descendrai pas, je lui donnerai ici !

L'autre insista. Antoine ne céda pas. Il attendit Eric qui se pointa, seul, cette fois, moins d'un quart d'heure plus tard. Antoine lui remit l'enveloppe préparée par son père et décampa sans demander son reste. Courageusement, il décida de passer voir Jean-François. Arrivé dans l'immeuble, un mauvais pressentiment l'envahit à nouveau comme si l'aspect sinistre des lieux distillait l'impression du malheur. Il s'acharna sur la sonnette, tambourina à la porte, l'appartement semblait vide. Alerté par le bruit, le voisin qui avait insisté pour qu'on appelât le médecin apparut sur le palier :

—Il n'y a plus personne. Il a remis ça aujourd'hui. Avec des médocs, cette fois. Heureusement son père est passé et il avait les clés. Il l'a trouvé par terre. Il a aussitôt appelé le SAMU et ils sont arrivés très vite pour l'emmener aux urgences. Je vous avais dit qu'il fallait le soigner.

—Ça s'est passé quand ? réagit Antoine, sonné.

— Il y a même pas une demi-heure. Ils viennent de partir, juste avant que vous arriviez. C'est une chance que son père soit passé.

—Vous croyez qu'il va s'en sortir ?

—J'en sais rien. Je ne me suis pas incrusté mais en tout cas, il n'était pas mort.

Antoine le remercia. Il avait une furieuse envie de chialer. Il se sentait coupable, il aurait dû appeler les secours dès la première alerte. Quelle journée merdique ! Il était crevé et prit le bus pour rentrer chez lui. Il songea à la déception de Thierry qui n'avait pas pu lui montrer son fauteuil électrique.

Son père l'attendait fébrilement, il s'inquiétait, il avait voulu accompagner Antoine pour la remise de la « rançon ».Il était impatient de le voir revenir sain et sauf. Le contretemps lié à la visite chez Jef alimentait la machine à imaginer les pires scénarii : *et s'ils prenaient plaisir à torturer le jeune homme ? Et si la violence pour la violence les excitait ? Et s'ils le butaient pour de bon ?...*

— Te voilà ! Tout s'est bien passé ?

—Pour le fric, oui. Ça a été très vite. J'ai pas traîné, je voulais pas rester longtemps en compagnie de ces barbares.

—Très bien. Bon débarras ! Moi j'ai réussi à joindre Stohl. Je lui ai téléphoné. Dans un premier temps, il s'est montré un peu agressif mais quand je lui ai détaillé tout ce que tu as enduré, il s'est radouci. Bon, il s'est aussi inquiété pour l'état psychologique de son fils. Il a dû se précipiter chez lui. En tout cas, demain soir, il vient me payer.

Antoine n'en revenait pas, il venait de comprendre l'enchainement des évènements.

— Tu lui as téléphoné ? Juste après que je t'aie quitté ?

— Oui. Quelque chose ne va pas ?

—Il t'a dit qu'il allait chez Jef ?

— Il a dit : il faut que j'aille le voir.

—Papa, tu lui as sauvé la vie !
—Qu'est-ce que tu racontes ?
—Eh bien, il a retenté de se suicider avec des médicaments. Son père est arrivé à temps pour appeler le SAMU.
—Tu es retourné là-bas ?
— Il y avait personne, l'ambulance venait de les emmener.

Jean restait sans voix. Antoine éprouvait une forme de réconfort et de déculpabilisation en découvrant le rôle que son père avait joué dans la prise en charge médicale de Jef, cette prise en charge qu'il n'avait, pour sa part, pas su provoquer.

-13-

Monsieur Stohl tint parole, il voulut même dédommager Antoine pour tous les préjudices subis mais les vives protestations provoquées par cette proposition l'obligèrent à se contenter de lui prodiguer d'abondants remerciements et s'engager à lui donner des nouvelles de Jean-François. Le jeune homme semblait hors de danger immédiat, il avait été admis dans un établissement psychiatrique où il ne pouvait recevoir de visites. La semaine suivante, Antoine subit le contrecoup violent de cette succession d'évènements et d'émotions. Comme à l'accoutumé, il avait traversé les tempêtes avec une sérénité apparente et se trouvait terrassé, exsangue, une fois le calme revenu. Il passa trois jours à trembler, claquer des dents, se tordre en spasmes incessants. Il ne pouvait rien avaler et ne tenait pas sur ses jambes. Il dut garder la chambre. Inquiet, Thierry passa chez lui. Il avait son nouveau fauteuil.

— Ouah ! Belle bagnole ! La classe !

Le malade trouvait la force de plaisanter, à la fois portée par la joie de voir son ami et par le souhait de ne pas l'inquiéter. Il raconta toutes les tribulations résultant de la rencontre avec Jef.

— Tu aurais mieux fait de passer ton chemin, sans l'écouter.

— Ne joue pas les cyniques. Ça fait mal, quand même, ce mec qui n'a plus le goût de vivre.

—Oui tu as raison. En attendant, toi t'es dans le coltard ! Du coup, j'ai dû étrenner ma nouvelle charrette avec quelqu'un d'autre.

—Quoi ? Tu m'as pas attendu ?

—Non, avec Nadine, on est allé jusqu'à Bastille.

—Pendant que moi je vivais le plus horrible des cauchemars, toi tu roucoulais aux côtés de ta nouvelle amoureuse, c'est ça ?

—Tu parles ! Nadine, elle a dix ans de plus que moi !

— Et alors ? Tu es bourré de préjugés, mon ami.

—Mais non, je déconne. On a passé un super moment, mais c'est juste une copine.

—Tu as bien raison. Heureusement que tu ne m'as pas attendu pour apprendre à piloter ta Ferrari. Tu t'en sors bien, d'ailleurs. Tu es venu ici tout seul.

— Eh oui ! Ce soir, avec Nadine, on va en boîte.

—En boite ! Tu vas danser. C'est formidable ça, Thierry.

—Ça t'en bouche un coin, mon pote !

— Carrément. Ah oui, je rigole : c'est juste une copine. Juste une copine. Petit con, va !

— Et Manu ?

—Elle a été mon infirmière. J'ai passé la nuit avec elle.

—Vous avez couché ?

—Oui, on a couché ensemble. Mais pas baisé…

—Comment ça ? Tu as dormi dans son lit et tu l'as pas sautée ?

—Bin non ! … Je suis pas un obsédé sexuel comme toi.

—Alors ça, c'est n'importe quoi ! Tu es le pire obsédé sexuel que j'aie jamais connu.

— Je l'ai caressée, je l'ai embrassée mais pas sautée.

—Ok, je te crois. C'est parce que t'étais à moitié mort.

—Oui, je venais de subir une baston digne de celles d'Alex, dans *Orange mécanique*. Je n'étais pas vraiment en état de marche.

—Ni en état de baise.

— Tu es un mec précis.

— Dépêche-toi de te requinquer pour la retrouver. Je suis sûr qu'elle attend la suite.

—La suite est pour bientôt. Tu sais que tu es comme un médoc, Thierry. Rien que de te voir, je me sens guéri.

—Ça fait plaisir ! Samedi prochain, on ira danser tous les quatre : toi, Manu, Nadine et moi.

—Promis, frérot. L'après-midi, il y a l'inauguration de l'exposition de Marcello. J'y vais pas, c'est pas la place du modèle. A chaque fois, il m'invite.

—C'est gentil de sa part. Moi, j'irai.

—Tu vas encore te gaver de petits fours.

—Mais non ! J'y vais pour toi, pour te voir exposé sur les murs.

—Tu parles, dans la plupart, on ne voit pas mon visage. En tout cas, sur les nus, on ne me reconnaît pas.

—Tu m'as dit : quand on voit ma gueule, on voit pas mon cul et quand on voit mon cul, on voit pas ma gueule.

— Voilà ! En général. Mais j'aime mieux pas trop qu'on me reconnaisse. Tu veux le tract de l'expo ? Tu iras avec Nadine.

Il déposa quelques prospectus sur la table.

-14-

Jean se sentait toujours mal à l'aise dans les manifestations mondaines. Il avait accepté d'accompagner Marie-Claire au cocktail d'inauguration de cette exposition de peinture pour lui faire plaisir. Elle avait ramassé un tract sur la table de la salle à manger. Il s'était demandé pourquoi on avait laissé chez lui toute cette publicité pour un artiste qu'il ne connaissait pas. Sans doute, Antoine ! Il est vrai que son fils travaillait à la Maison Populaire et qu'il fréquentait assidûment les milieux artistiques. Bizarrement, Antoine n'y était pas venu à cet évènement dont il faisait la promotion. Marie-Claire s'était enthousiasmée :

— Marcello Bianchi ! J'adore. Sa peinture est si sensuelle, si émouvante !

C'était à Montreuil. Il aurait certes préféré voir l'exposition un autre jour que celui du pince fesse et des discours de ces prétentieux cultureux qui avaient endoctriné la mère de ses enfants. Mais comme il ne pouvait rien lui refuser, il emmena son aimée voir les œuvres de Marcello. La foule cachait les tableaux.

—Mais c'est Antoine !

—Il est beau comme un dieu, ton fils.

—Non mais tu te rends compte ! Ce vieux salaud, il fait poser Antoine tout nu. Regarde-moi ça ! Il a dû commencer alors que le gamin n'était même pas majeur. C'est un gros pervers !

—Calme-toi, Jean. C'est de l'art. Il n'y a aucune perversité là-dedans.

—Laisse-moi. Je vais lui dire deux mots à cet obsédé !

—Non, Jean. Viens !

Jean se dirigeait déterminé vers le peintre.

—Ça vous plaît de reluquer les mômes à poil et de les exposer à la vue de tout le monde ! Je vous préviens, il n'est pas question qu'Antoine continue à faire ça. Vous allez devoir vous trouver un autre modèle. Il est naïf, Antoine, il réfléchit pas, il est comme un enfant. Vous avez profité de lui.

Marie-Claire avait terriblement honte. Jean, d'ordinaire si calme, si maîtrisé, semblait hors de lui. On avait l'impression qu'il allait frapper l'artiste. Marcello regardait mi-contrarié, mi-condescendant ce démon furieux qui venait perturber ce temps de célébration et de consécration. Une jeune femme qui devait être une des organisatrices de l'exposition le prit doucement par le bras.

—Venez, monsieur. Je comprends votre surprise et votre colère. Venez, nous allons parler de tout cela et essayer de régler les choses au mieux.

Il se laissa faire, conscient d'être le centre de tous les regards et de provoquer réprobation et mépris. Elle l'entraîna dans le café qui jouxtait la salle d'exposition.

—Votre fils est mineur ?

—Non, il a juste dix-huit ans. Il est … il est fragile.

—Il a choisi de travailler pour Marcello Bianchi. Je comprends que cela ne vous plaise pas mais ce n'est pas monsieur Bianchi qui l'a forcé. Vous comprenez ?

— Oui, je...

—Vous savez, ces tableaux sont très appréciés et le modèle y est pour quelque chose. Votre fils n'est pas humilié. Il est magnifié. Il est naturellement magnifique et Marcello fait ressortir toute sa beauté. Les gens sont touchés. Moi, si j'étais vous, je serais fier.

—Pardonnez-moi, madame. Je ne sais pas ce qui m'a pris. Je ne suis pas fier qu'il fasse ça mais je n'avais pas à me mettre dans cet état. Je suis sincèrement désolé, j'ai été ridicule. Comprenez, ma femme, la mère d'Antoine se faisait filmer nue, subissant des mutilations, des transformations... Pardonnez-moi, je suis ridicule.

—Non monsieur, vous n'êtes pas ridicule. C'est normal. Vous vous inquiétez pour votre fils.

—Ce n'est pas un métier. Il pourrait faire tant d'autres choses comme éducateur de jeune, aide-soignant ou même cuisinier.

Marie-Claire les avait rejoints. Elle était tout à fait décontenancée, elle ne reconnaissait pas son Jean, ce roc, ce géant si solide, si invincible. Elle aurait dû se réjouir de découvrir ses fragilités et ses blessures. Au lieu de cela, elle voulait l'abandonner à sa colère et rester au milieu de ces esthètes qui sirotaient maintenant tranquillement leur champagne en s'esbaudissant devant la maîtrise et la sensibilité de leur idole. Jean s'était comporté comme un rustre et elle craignait d'être associée à ce balourd.

— Tu viens Marie-Claire ?
— Vas-y-toi, je reste.
—Tu m'en veux pour cet esclandre ?
— Non, mais…
—Je t'ai fait honte ?
—Non, c'est pas ça. L'exposition me plaît, j'ai envie de rester. Toinou est vraiment sublime.

Il la regarda partir. On lui pardonnait rarement ses faiblesses et ses erreurs. Il se retrouvait seul dans le café. Il but un cognac et rentra chez lui. Fabien était sorti voir un copain et Antoine passait la soirée à danser en boîte de nuit.

-15-

Emmanuelle avait disparu. Plus aucune nouvelle. Personne ne répondait lorsqu'Antoine tambourinait désespérément à sa porte et son téléphone sonnait indéfiniment dans le vide. L'amoureux transi se laissait envahir par un sentiment dépressif et par une tenace inquiétude –et s'il lui était arrivé un malheur !- alimentée par l'expérience traumatisante qu'il venait de vivre avec Jef. Il accepta néanmoins la sortie en boîte avec Thierry et Nadine tant la perspective de partager ce moment de fête semblait réjouir son ami. Il avait peine à dissimuler sa morosité et son air faussement enjoué ne trompait personne et certainement pas Thierry qui lisait en lui comme en un livre. Les deux tourtereaux avaient participé à l'inauguration de l'exposition de Marcello et avait donc été témoins du coup de colère de Jean. Compte tenu de l'état d'esprit d'Antoine, ils convinrent de ne pas évoquer l'incident avec Antoine de peur de lui gâcher complètement la soirée. Antoine but beaucoup, se laissa griser et s'abandonna à la danse. Il avait le don d'enivrement qui n'est surtout pas une forme d'abrutissement mais bien plutôt une aptitude à se laisser submerger par l'émotion de l'instant avec une telle intensité que toutes les autres émotions et pensées en prennent la couleur, la forme et l'essence pendant le temps que le charme opère. Le désenchantement s'insinua sur le chemin du retour, adouci néanmoins par la présence réconfortante de ses amis. Thierry hésitait encore.

— Nous sommes allés à l'expo.

—Ah! Et ça vous a plu ?

—Oui beaucoup. Mais il y avait ton père.

—Génial! Merci de prévenir. Je vais gérer sa réaction.

—Voilà! En fait, il a déjà un peu réagi sur place.

—Merde! Il a pas fait de scandale au moins?

—Scandale est un grand mot. Il a critiqué. Oui c'est ça : critiqué.

—Ça a dû bien faire plaisir à Marcello, tiens. Bravo papa!

—T'inquiète pas. Ça va s'arranger.

—Oui. Tout finit toujours par s'arranger. Allez! Cassez-vous, les amis, j'ai passé une bonne soirée. *Salut à toi ô mon frère...*

—*Salut à toi peuple Khmer...*

—*Salut à toi l'algérien...*

—*Salut à toi l'tunisien...*

Ils enchainaient ainsi les paroles des *Berruriers Noirs* [6] en guise de salutations. Nadine, ça la faisait rire..

Jean dormit très mal, cette nuit-là. Il se rendait compte qu'en voulant protéger son fils du ridicule, il n'avait fait que le ridiculiser, lui-même. Il ne pouvait toutefois s'empêcher de penser que poser nu constituait une activité indigne. Il rumina ainsi toute la nuit. Il entendit Antoine rentrer au petit matin. Il se leva tôt, bien avant les garçons et sortit prendre l'air pour se changer les idées et pour fuir le moment d'affronter

---

[6] *Bérurier noir, aussi appelé les Bérus, est un groupe de punk rock français, originaire de Paris. Il est le groupe phare de la scène punk et alternative française des années 1980.*

Antoine. Vers midi, il rentra alors que le fêtard émergeait.

—Tu t'es bien amusé ? C'était bien votre sortie ?

—Tu fais semblant de t'intéresser pour te faire pardonner ?

—Qu'est-ce que tu me chantes ?

—Thierry était aussi à l'expo.

—Et ?

—A moi de te poser la question. Tu as aimé ? Ça t'a choqué ? Franchement, je te savais coincé mais à ce point, je n'imaginais pas.

—Oui, j'ai été choqué. Choqué de découvrir que tu n'avais trouvé que ça comme boulot. Choqué que tu passes tes journées à t'exposer comme ça.

— Pourquoi c'est moche de vendre son corps, je veux dire de vendre l'image de son corps parce que c'est pas mon corps que je vends, c'est le droit de le regarder ? C'est plus moche de vendre l'image de son corps que les productions de son esprit ? En plus, il en fait quelque chose de beau de l'image de mon corps, Marcello. Alors que toi, depuis toutes ces années, tu vends des pans entiers de ton esprit et ils en font quoi ? Ils utilisent tes idées contre tes valeurs, ils utilisent tes idées pour supprimer des gares, pour abandonner des lignes… C'est toi qui es le plus moche des deux. En plus je ne pose pas que pour Marcello, je pose aussi pour le cours de dessin, pour que les élèves apprennent à dessiner un corps…

—Tu t'exhibes devant une classe entière ?

—Ah voilà, tu as lâché le mot « exhiber » ! Il faut que tu te fasses psychanalyser, tu as un problème avec la nudité. Ça remonte à l'enfance ? A ta puberté, peut-être ?

— Arrête Antoine. C'est bon. Ecoute voilà, je ne suis pas d'accord pour que tu fasses ça, c'est clair ? Moi je croyais que tu donnais des cours de dessins à des enfants, que tu faisais de l'aide aux devoirs… Je suis déçu voilà !

— Je fais tout ça ! Oui, je le fais aussi. Mais c'est bénévole.

—En tout cas, tu pourrais en faire un métier, un vrai métier. Et quand j'ai découvert ton activité hier, je me suis mis en colère à l'inauguration. Je me suis emporté. Je n'aurais pas dû, c'est à toi que je devais en parler. Pas en public, comme ça. Donc, voilà, je suis désolé. Je désapprouve que tu poses mais je regrette d'avoir explosé devant tout le monde.

—Ah donc tu as fait du scandale ! Je pensais pas que ça avait été jusque là. Tu m'as complètement grillé, c'est ça ?

—Non, c'est moi qui ai été ridicule.

—Putain, j'en ai ras le bol. Je suis majeur, papa. Pourquoi tu viens embrouiller mes affaires ? C'est bon, quoi !

—Je suis désolé.

—Marcello ne va plus vouloir de moi, tu vas lui avoir fichu la trouille.

—Ce sera l'occasion de prendre un autre boulot.

—Quoi, c'est parce que je vis chez toi que tu t'arroges le droit de m'imposer le taf qui te convient ? Ta maison donc ta morale de prude du siècle passé ? C'est ça ? Et bien, je me casse, je vais m'installer ailleurs. Ton honneur sera sauf. Et je serai libre de faire ce que je veux de mon corps. Et même de me prostituer si le cœur m'en dit.

—Antoine !

Il était déjà parti. Sans bagages, sans argent, il était parti. Ils avaient pourtant eu tant de raisons bien plus légitimes de disputes, tant de motifs bien plus graves de rupture et toujours ils avaient évité la dispute et la rupture. Et ce jour-là, comme un point d'orgue à une longue période de tensions, de chocs et de fatigue, ils se déchiraient pour une futilité. Des larmes roulèrent sur les joues de Jean. Antoine reviendrait mais ils n'auraient pas dû en arriver là, il aurait pu l'éviter. Finalement était-ce donc si grave que son gamin soit modèle ?

-16-

—Emmanuelle, où es-tu ?

Antoine voulait mettre de la distance entre son père et lui. Jean devait comprendre qu'il se comportait en père étouffant, se mêlant abusivement des affaires d'un fils majeur. Il finissait par évoquer une sorte d'araignée tissant son arantèle autour de sa pauvre victime et son désir de tout contrôler devenait insupportable. Il allait souffrir de ce brusque départ mais ça lui ferait le plus grand bien. Cette décision était incontestablement une bonne décision. Cependant les conséquences s'avéraient quelque peu inconfortables : Antoine n'avait nulle part où aller. Il tenta de nouveau sa chance chez Emmanuelle, en vain. Il remonta donc en direction de l'appartement de Thierry. Il y retrouva Nadine et comprit que cette piste devait être également écartée : il n'avait pas sa place dans ce petit nid d'amour. Pourquoi pensa-t-il alors à Ayda ? Alors qu'il se concentrait sur les figures généreuses de son entourage,

Ayda s'imposa comme une évidence. La pétillante tunisienne participait dès qu'elle le pouvait aux activités de SFM et elle avait dernièrement accueilli les deux enfants d'une femme de la cité des néfliers qui devait être hospitalisée et n'avait nulle part où confier les petits. Ayda avait également le don de faire naître les sourires sur les visages tristes. Il serait bien chez elle.

—Tu es à la rue, mon petit Toinou ? Toi ?

—Eh oui ! Moi ! J'ai claqué la porte de ma maison parce que mon père m'empêchait de respirer.

—Mon pauvre chou ! Il faut bien que je t'aime pour te loger chez moi. T'imagines pas la réaction de mes cousins s'ils découvrent que j'héberge un homme ? Ils me tuent direct.

—Je vais me montrer le plus discret du monde. Et puis je vais pas rester longtemps. Je vais trouver autre chose. Il fallait que je parte tout de suite. Il me saoule mon vieux, il faut qu'il comprenne, tu comprends ?

—Mais oui, je te comprends très bien. J'ai fait pareil avec mon oncle.

Quand je suis arrivée en France, je vivais chez eux et ils me surveillaient tout le temps, ils critiquaient tout ce que je faisais, c'était horrible. Je suis partie un jour qu'il m'avait giflée parce que j'étais allée à la piscine avec des garçons. Tu te rends compte ! Je me suis cachée et puis je me suis installée ici. Ils ont pas osé me déloger quand même ! Je suis intrépide d'avoir fait ça, tu ne peux pas te rendre compte.

—Oui, je sais que tu es intrépide, Aydouda. D'ailleurs, aujourd'hui tu vas héberger un homme dans ton petit studio. Et quel homme ! Un homme terrible ! Le mâle mal !

Il avançait les mains vers elle, en courbant les doigts et grimaçait d'une manière qui se voulait terrifiante.

—Si j'accepte – ce qui n'est pas encore acquis – tu dors à une extrémité de la pièce et moi à l'autre. Compris ?

Elle avait pris un ton faussement sévère.

—Bien madame. Mais rassure-toi, je n'avais pas prévu de te violer pour cette fois.

Elle lui lança un coussin à la figure en guise de réprobation. Pour prolonger la provocation, il enchérit, avec un petit sourire malicieux :

— Je me prendrais bien un petit verre de vin. Tu as quoi dans ta cave ?

—Ah ah ah ! Prends un coca au frigo.

—Coca, coca ! C'est pas possible, qu'est-ce que vous avez tous avec cette boisson dégueu, symbole de l'impérialisme américain ?

En prononçant cette phrase, il pensait à Manu.

—Ah ah ah ! Si tu as faim, j'ai aussi du couscous, cent pour cent tunisien. Ça fait un équilibre.

—D'accord pour le couscous. Tu m'accompagnes ?

— Quinze heures, j'ai déjà mangé depuis longtemps, moi. Je ne mène pas une vie de grand bourgeois parisien : fiesta toute la nuit, lever à midi.

—Eh oui, c'est ma vie ! Je dois donc être un grand bourgeois parisien ! Et toi, la prolétaire tunisienne, tu cherches toujours un homme ?

—Si c'est une proposition, je te préviens tout de suite, tu n'es pas du tout mon type d'homme. Je veux un bon musulman tunisien.

—Putain, c'est n'importe quoi, Ayda ! Tu peux pas coucher avec autre chose qu'un musulman ?

—Primo, pour moi, ce sera pas seulement coucher mais se marier et deuxièmement, oui, ce n'est pas possible qu'il ne soit pas musulman.

—C'est de l'intolérance, non ?

—J'ai besoin de partager ma foi au sein de mon couple.

—Tu peux partager des valeurs, des convictions, une relation au monde même si tu n'as pas la même religion.

—Oui mais pour moi, la relation à Dieu est fondamentale.

—Oh là là ! Tu es une fanatique. Bon, de toute façon, je n'avais pas l'intention de t'épouser. Juste de profiter de ton toit, de tes talents culinaires et de ta compagnie.

Tout en discutant, elle lui avait servi une copieuse portion de couscous qu'il commençait à dévorer avec bonheur.

—Mmmm ! Trop bon ! Ça me donnerait presque envie de me convertir. Mais me priver d'alcool, c'est au-dessus de mes forces. Quant à me priver de sexe hors mariage, j'imagine même pas. Encore que pour les hommes, les règles doivent être plus souples... Tu sais que j'ai des amis musulmans célibataires, c'est des cœurs à prendre ...mais ils sont algériens pas tunisiens.

—Oh, non pas algériens. Ils sont agressifs les algériens.

—Et en plus, tu es raciste ! Franchement, Ayda, tu me sidères.

—Oh eh, ça va ! Si tu arrêtais de vouloir me caser. Je suis très bien comme ça. Tout va bien.

—D'accord, princesse. D'ailleurs, c'est mieux pour moi. S'il y avait un mari, je serais encore à la rue.

—Mais au fait, tu n'as pas de bagage ?

—Non, je suis parti, sans rien. Libre comme le vent.

Il avait terminé son repas. Elle débarrassait tranquillement, se demandant où elle l'emmènerait pour apaiser son âme qui semblait passablement tourmentée par-delà ses espiègleries et sa forfanterie. Il lui fit part de son inquiétude au sujet de la disparition d'Emmanuelle.

—Elle n'a quand même pas été enlevée ! C'est vraiment bizarre de s'évaporer d'un coup comme ça, non ?

—Elle a sans doute été appelée pour un évènement familial. Tu sais où vit sa famille ?

—A Lille.

—Voilà ! Elle est à Lille, pour un enterrement, une naissance, un mariage peut-être ou pour être présente auprès d'un parent malade ou encore pour s'occuper d'un neveu…Quelque chose de cet ordre.

—Depuis dix jours ?

— Mais oui, c'est peu, dix jours. Vraiment je suis étonnée : toi, si insouciant, si détendu, que tu t'angoisses comme ça !

—Et si elle me fuyait ?

—Tu es pénible, Toinou ! Si tu as envie de te torturer, je ne peux rien pour toi. Moi, je te dis qu'elle va réapparaître sous peu, ta bien aimée.

—C'est tellement étonnant qu'une fille si cultivée, si brillante s'intéresse à un petit minable comme moi.

Elle l'embrassa sur la joue et le serra dans ses bras.

—Tu es cultivé et brillant, mon p'tit frère. Et si on allait se promener un peu ? J'ai envie de m'immerger dans Paris. Pas toi ?

—Si !

Il la gratifia de son plus beau sourire.

-17-

Antoine séjourna trois jours chez Ayda. Il annonça à Marcello qu'il arrêtait de travailler comme modèle. L'artiste se moqua de lui, le traita de faible, d'immature soumis à son père. Il lui dressa un portrait tellement accablant de Jean que le jeune homme, malgré sa colère contre son paternel, en vint à prendre sa défense. Antoine consentit néanmoins à une dernière séance de pose pour terminer *Le martyre des temps modernes*.

Chaque soir, il allait vérifier si Emmanuelle n'était pas revenue et le troisième soir après qu'Antoine ait quitté le domicile familial, la porte de son amoureuse s'ouvrit. Il lui sauta au cou, elle se fondit dans sa joie et les retrouvailles se firent effusions. Puis, il osa, presque timidement, sans aucune intonation de reproche :

— J'étais tellement inquiet, sans nouvelles…

Il ne s'attendait pas à provoquer la violente réaction qui suivit.

—Je n'ai pas à te prévenir de tout, je suis libre de mes faits et gestes. Je ne te dois rien, Antoine.

—Je n'ai pas critiqué, Manu. J'ai juste dit que je m'inquiétais, je me demandais où tu étais, je craignais qu'il te soit arrivé quelque chose.

—Justement ! Tu n'as pas à te demander où je suis. Dis-toi que je peux disparaître comme ça, sans prévenir, si j'en ai envie. Tu n'a rien à attendre. Je suis libre, Antoine. Libre.

—D'accord, Manu. Je ne veux pas entraver ta liberté. C'est comme tu veux.

Elle se radoucit.

—J'étais en vacances. J'ai eu une opportunité pour partir à Cuba. Il fallait que je me décide du jour au lendemain. J'ai bien fait. C'était formidable. Les cubains sont merveilleux.

« Merveilleux » se lisait dans ses yeux. Antoine pensa qu'il avait perdu quelque chose. Ce fut pourtant ce soir-là qu'ils firent l'amour pour la première fois.

-18-

Il finit par rentrer chez lui. Il était incapable de rester brouillé avec quelqu'un au-delà de cinq jours et même le vieux ne constituait pas une exception. Il fut accueilli par *Bronski Beat*. Fabien était seul dans l'appartement et il étudiait studieusement avec la musique à fond. Antoine passa la tête à la porte de la chambre de son frère.

—Je suis de retour !

—Formidable ! On va bouffer autre chose que des pâtes et des lentilles en boîte.

—Vous êtes vraiment nuls pour les choses importantes de la vie, vous deux.

—Et ouais ! Heureusement on t'a.

Ils devaient hurler pour couvrir *Hit that perfect boy*[7]. Antoine s'approcha du bureau pour baisser le volume du lecteur de cassettes. Il aperçut, à côté du classeur de Fabien, la photo d'une

---

[7] *Hit that perfect boy : chanson du groupe Bronski Beat, 1985.*

jeune lycéenne qui souriait, cheveux au vent.

—Ah, tu as une copine !

—C'est pas ce que tu crois.

—Je crois rien, mon p'tit Fab. Mais si c'est ce que tu crois que je crois, c'est bien car *all you need is love, love is all you need.*[8]

Ils continuèrent à deviser ainsi jusqu'à l'arrivée du père. Quand les bruits de sa présence se firent entendre, Antoine laissa son frère. Il voulait afficher son retour à celui qui causa son départ.

—Tu as de la chance que je ne sois pas rancunier !

Ce n'était pas la meilleure parole de réconciliation que l'on pouvait envisager et Jean ne sut pas trop que répondre. Comme souvent, en pareil cas, il réagit à la maladresse de son fils par une maladresse encore plus énorme.

—En tout cas, je suis content que tu aies arrêté de bosser avec ce peintre.

---

[8] *All you need is love : chanson des Beatles, 1967*

—Oui, tu vois, maintenant c'est mieux : je fais le tapin au bois.

—Très drôle, mon fils !

—Je fais aussi magicien, à l'occasion pour faire disparaître les gros lourds qui m'empoisonnent la vie.

Le père réussit à changer de cap.

—Je suis content que tu sois revenu.

Au fond, Antoine, lui aussi, était content de retrouver le cocon. Ils passèrent, tous les trois, une agréable soirée, émaillée de quelques coups de griffes et de beaucoup de tendresse. Le lendemain, cependant, Jean remit le sujet qui fâche sur le tapis.

—J'ai un truc pour toi, un travail cool, si tu veux…

—Stop, tu oublies !

—Tu vas toucher le chômage au moins ?

—Mais oui. Ne t'inquiète pas, je vais ramener de l'argent.

—Je ne dis pas ça parce que je veux que tu ramènes de l'argent. Je le dis pour toi.

—En plus, je vais faire baby-sitter pour des potes. Alors tu vois, ça devrait faire la rue Michel[9].

—Mouais…Je ne dis plus rien, sinon je vais encore me faire engueuler.

—Baby-sitter au noir, bien sûr. J'ai pas envie de perdre mes allocs. Même si c'est pas grand-chose.

Jean affichait une mine affligée qui en disait plus long que toutes les protestations ou propositions de travail digne et ennuyeux. Antoine posa sur lui son regard le plus amical et empathique. En fait, il le comprenait ce père aux innombrables et inextinguibles angoisses. Il savait que pour ce vieux loup au cœur immense, rien ne comptait hors l'avenir de ses fils. Le jeune à la vie de bohème était conscient de n'apporter aucune des garanties qui auraient pu apaiser le paternel. Il fallait donc supporter ses

---

[9] *Faire la rue Michel vient du langage employé par les conducteurs de fiacre. Lorsque ces derniers déposaient leurs passagers dans cette rue, et une fois le transport payé, les conducteurs utilisaient cette expression pour leurs signaler que le compte est bon.*

incessantes questions et ses conseils oppressants.

—Tu as remarqué, papa ? Souvent quand les gens essaient de se réconcilier, ils s'ouvrent grand les bras, ils se disent : « on repart autrement » et aussitôt, ils reprennent les mêmes chemins qui avaient conduit à leurs querelles.

—Pauvres petits humains, bien englués dans leurs incapacités !

Fabien les rejoignit dans le salon, à ce moment précis.

—Vous êtes bien sombres !

—Non, reprit Antoine, on est mystique, on dirait presque des chrétiens.

-19-

Antoine dormait d'un sommeil léger. Il entendit la toux rauque de son père, une toux d'essoufflement que le jeune homme n'aimait pas. Il se leva et sortit de sa chambre. Jean était au milieu du couloir, titubant, le visage blafard, transpirant à grosses gouttes.

— Ça va, papa ?

—Oui…ne t'inquiète pas…ça va passer…ça m'arrive quelquefois…

Il peinait à retrouver son souffle entre chaque phrase.

— Ça va se passer, répéta-t-il.

—Il faut appeler le docteur.

—Laisse, Antoine…ne me contrarie pas…c'est encore pire.

Jean se dirigea laborieusement vers la salle de bain. Antoine le suivit, craignant qu'il ne s'effondre. Il l'attendit derrière la porte. Il guettait chaque bruit : l'eau pour se rafraichir le visage, l'armoire à pharmacie pour y prendre un médicament – il n'y avait que de l'aspirine, pas forcément bon pour ce qu'il avait, l'aspirine -, l'eau à nouveau mais dans un verre cette fois, le poids de son corps s'asseyant sur le tabouret en attendant que le cachet se dissolve... Jean souffrait de problèmes cardiaques depuis de nombreuses années mais il refusait obstinément de consulter.

— Ça va se passer, ça va se passer.

Ce furent, une fois de plus, les paroles qu'il prononça, s'en retournant dans sa chambre. Antoine avait peur pour son cher vieux, il le voulait immortel, ou au moins vivant aussi longtemps que lui vivrait. Il plongea dans ses souvenirs. Il se revoyait petit garçon, à l'école, en cours préparatoire. L'institutrice leur faisait réaliser un cadeau pour la fête des mères : un petit cadre entouré de coquillages collés, avec un dessin au milieu. L'un de ses camarades de classe avait perdu sa mère, emportée par un cancer. Il s'appelait Régis. Régis ne voulait pas confectionner le cadre, il ne voulait pas entendre parler de cadeau de fête des mères. L'institutrice lui proposa une autre activité. Elle se tourna vers Antoine :

—Toi aussi, Antoine, tu veux faire autre chose ?

—Non, non, maîtresse. Moi, je fabrique le cadeau de fête des mères. C'est pour Jean. Vous savez, il est à la fois mon père et ma mère.

Jean avait donc droit aux pots à crayons des papas et aux colliers de nouilles des mamans.

Après son malaise, le *médecinophobe* s'arrêta deux jours. Finalement, comme il l'avait annoncé et comme à chaque fois, ça se passa.

—Tu reprends le boulot aujourd'hui ?

—Oui, oui. Deux jours de congés, ça suffit.

—Tu n'es pas raisonnable, tu sais.

Jean ne répondit rien. Il mourrait du cœur, comme son père. Le grand-père avait claqué d'un coup, sans prévenir. La veille, il participait à la fête de quartier. Il tenait un stand. Il rigolait, levait le coude. Il avait même guinché avec la femme du maire. Et vlan, dans la nuit, il s'était levé pour aller aux toilettes et s'était effondré avant d'y arriver. Mamie avait aussitôt appelé le SAMU mais c'était trop tard. Il avait soixante-quatorze ans. C'était encore un peu tôt pour mourir mais tant qu'à crever, il valait mieux crever au sortir d'une fête, la tête pleine de rires et l'âme réchauffée par le pastis.

-20-

Quand il avait atteint l'âge de dix-huit ans, Antoine, en rupture de scolarité et sans emploi, avait été appelé pour le service national. Or ses dernières années dans l'institution scolaire avaient été marquées par un absentéisme croissant avec son intolérance à l'embrigadement, à l'enfermement et à l'autorité. De surcroît, il se sentait profondément antimilitariste et pacifiste. L'armée se présentait donc comme un incompatible horizon, une perspective absolument inenvisageable. La seule question qui se posait était : réformé ou objecteur de conscience ? L'un de ses amis s'était fait réformer P4 grâce à un médecin qu'il recommanda à Antoine.

—Tu racontes ton histoire. Tu dis que tu as été complètement traumatisé par le départ de ta mère. Tu dis que tu t'es senti abandonné, que tu t'es toujours trouvé inadapté, que tu as foiré ta scolarité.

Fort de ses conseils, il prit rendez-vous avec le praticien et se prépara à jouer le gars égaré, à simuler la paranoïa. Il se confectionna une tête d'éternel torturé. Il se conditionna tant et si bien qu'il arriva chez le médecin, le corps secoué de spasmes et le visage décomposé. Il s'exprima si confusément qu'on eût pu le croire déficient mental et il présenta sa vie comme une tragédie, insistant sur l'acte fondateur de la catastrophe : l'abandon par sa mère.

— Je vois que vous avez eu des crises d'épilepsie. C'est bien exact ? l'interrogea le docteur après avoir entendu le récit de son patient.

—Euh oui, aussi.

—Eh bien, c'est un motif de réforme, jeune homme.

Voilà comment Antoine échappa au service militaire. La mise en scène de son aliénation avait cependant fortement impressionné le médecin qui lui prescrivit un suivi psychologique. Antoine avait donc gagné une séance mensuelle avec Madame Vancaeyzeele, psychologue de son état. Il commença par lui rejouer le même numéro que lors de la consultation médicale pour obtenir la réforme.

—Vous savez, ce n'est pas la peine de vous inventer des misères. Vous en avez bien assez comme ça. Alors moi, c'est votre vrai ressenti qui m'intéresse. Les salades, c'était pour le service. Vous en êtes débarrassé. Maintenant on va essayer de vous aider à vous construire une belle vie d'adulte et à déployer vos ailes. Ok ?

—Ok !

Oui, il avait souffert de ne pas se sentir aimé par sa mère. Il se souvenait qu'elle lui refusait tout contact physique et qu'elle le trouvait mauvais. Toutefois, son départ avait été un moment très bizarre. Choquant, traumatisant, certes, mais pas désagréable, presque heureux, au contraire. Heureux et douloureux.

Elle avait emmené les deux garçons au jardin de Bagatelle. Ils avaient pris le métro, la ligne 1, dans toute sa longueur. Bagatelle brillait de printemps. C'était le temps des fleurs et des amoureux. Mères de famille et nourrices de Neuilly promenaient leurs landaus et des ribambelles de gamins, profitant des premiers beaux jours de l'année. Un violoniste jouait au carrefour de deux allées. Annie sortit Fabien de la poussette et le déposa dans l'herbe avec quelques jouets tirés d'un sac. Le gamin, docile, s'affaira aussitôt avec ses cubes, suspendant régulièrement ses gestes pour écouter le violon. Annie prit les mains d'Antoine et l'entraîna dans la danse, au rythme de l'air tzigane. Elle le soulevait de terre, virevoltait avec lui. Lui rayonnait de joie. Il croyait que la bonne fée avait exaucé ses vœux les plus chers. Il avalait goulûment tout ce dont il avait été privé jusqu'alors. Quand la musique s'arrêta, elle ôta ses chaussures et invita son fils à l'imiter. Elle courut avec lui jusqu'au lac où, trempant les pieds dans l'eau, ils jouèrent à s'éclabousser. Ils riaient de bon cœur. Ils revinrent vers Fabien qui n'avait pas bougé et babillait aimablement tout seul, au milieu de la pelouse.

—Vous voulez une glace ?

Ils marchaient pieds nus. Elle portait Fabien dans ses bras. La glace à la fraise du bambin coulait sur la robe de sa mère. Il n'avait jamais encore mangé de glace et ne pouvait avaler un truc si froid. Qu'importait ! Plus loin, des enfants se roulaient dans l'herbe.

—Tu veux ? demanda-t-elle à Antoine.

Elle déposa de nouveau le plus petit et s'allongeant sur le gazon en tendant les bras devant elle, elle roula le long de la pente avec Antoine qui se tenait dans la même position étendu face à elle, lui tenant les mains. Ils pirouettaient en criant de joie et de folie, sous les regards indignés des bourgeois. Après leurs jeux, ils retrouvèrent Fabien, puis la poussette abandonnée à quelques cent mètres de là mais les chaussures avaient disparu. Ils reprirent donc le métro pieds nus. Le paisible garçonnet dans sa poussette de luxe contrastait avec l'aspect de vagabond des deux autres qui avançaient sans chaussures, les cheveux ébouriffés et leurs vêtements clairs striés des traces vertes de l'herbe fraîche et roses des coulures de glace.

—Je t'aime beaucoup, mon petit Toinou. Je te l'ai pas beaucoup montré mais je t'aime. Tu es un petit garçon magnifique. Aujourd'hui, je t'ai appris tout ce que je sais. C'est mon héritage. Je vais partir.

—Tu vas partir ? Et papa ? Et bébé Fabien ?

—Papa, ça va aller, il est solide comme une montagne. Fabien, je te le confie. Tu vas t'en occuper. Tu es grand maintenant, tu es responsable, n'est-ce pas ?

—Oui maman.

—Moi, je vais pas bien. Je veux pas vous encombrer. Je vais partir. Je vais faire le tour du monde. Alors, veille sur ton petit frère. D'accord ?

—Tu vas revenir quand ?

—Je ne sais pas, Toinou.

—Tu me fais un bisou.

Elle l'embrassa. Il la serra contre lui. Dans la nuit, elle partit.

Madame Vancaeyzeele lui avait expliqué qu'il avait porté toute son enfance un fardeau beaucoup trop lourd pour un enfant.

-21-

Les séances avec Madame Vancaeyzeele ramenaient à la surface des évènements enfouis. Antoine vivait résolument dans le présent, le passé oublié, le futur impensé. Or, il se trouvait alors forcé de se remémorer. Il se revoyait enfant, à contre-courant et incompris.

Jean et les garçons passaient souvent le dimanche chez Françoise, la sœur de Jean. Elle habitait à l'Isle Adam, avec son mari, Michel, et leurs quatre enfants, dans une grande maison, en bordure de forêt, qui pouvait accueillir toute la famille : les grands-parents, les quatre frères et sœurs – Pierre, Françoise, Jean et Daniel -, leurs conjoints - pour ceux qui en avaient- et les dix enfants. Les gamins se partageaient en deux clans, les petits et les grands. Antoine faisait partie des grands avec Christophe, le fils unique de Pierre, Nathalie et Frédéric, les aînés de Françoise et Laurence, grande admiratrice d'Antoine et fille de Daniel. Ils se suivaient de près, ces cousins et cousines, les grands avaient entre sept et dix ans. Ce jour-là, les adultes prolongeaient le repas, de café en pousse-café et les enfants avaient quitté la table depuis un bon moment déjà. Les grands voulaient aller jouer en forêt. Ils décidèrent que ce serait beaucoup plus drôle de partir à l'aventure, seuls, sans les parents. Nathalie, qui était un peu froussarde, suggéra la présence possible de sangliers, leur père en avait parlé, il en avait même chassés. Antoine proposa :

—On n'a qu'à prendre une arme pour se défendre.

—Une arme ! s'exclama Christophe que les idées d'Antoine impressionnaient toujours parce qu'elles ne tardaient jamais à se concrétiser.

—Oui ! Le fusil de tonton Michel, répondit Antoine.

—Mais, il est planqué dans une armoire fermée à clé, rétorqua Nathalie. Et défense d'y toucher !

—Je sais où il est et je sais où trouver la clé, poursuivit Antoine.

—Tu devrais pas, Toinou. Tu vas te faire tuer, dit Nathalie.

—Voyons, ce n'est pas quelque chose de mal. C'est pour nous défendre contre les sangliers. Imaginez, si l'un d'entre nous était tué par un sanglier, on se dirait : « ah, s'ils avaient eu le fusil de tonton Michel pour se protéger, on aurait évité le drame ».

—Il n'a pas tort, concéda Christophe. Mais je ne suis pas certain que les parents penseront comme ça. Ils trouveront plutôt qu'on n'aurait pas dû partir tout seuls.

—Vous êtes des trouillards, intervint Laurence à l'adresse de Christophe et Nathalie.

—Je me charge du fusil. D'accord ? conclut Antoine.

Il avait repéré que son oncle, rentrant de la chasse lors d'une de leur visite, était allé avec son fusil au fond du garage et s'était arrêté sur le palier qui menait vers la cave et où trônait une grande armoire toujours fermée à clé. Il l'avait vu monter ensuite à l'étage et déposer une clé dans l'énorme pot de fleurs vide qui se trouvait sur l'étagère de son bureau. Pour atteindre la haute étagère, Antoine dut monter sur une caisse qu'il plaça sur une chaise. La clé en main, il dévala les escaliers quatre à quatre, suivi de Nathalie, Frédéric, Christophe et Laurence. Ils prirent des cartouches. Frédéric avait vu comment son père chargeait le fusil même si personne ne soupçonnait que le gosse aurait pu le faire lui-même, à son tour. Ils partirent joyeusement, la fleur au fusil chargé.

Les petits jouaient tranquillement dans la cour. Le faible niveau sonore finit par inquiéter les parents.

—Où sont passés les grands ?
—Ils sont partis en forêt.
—Ne vous inquiétez pas, ils sont armés.
—Armés !

Michel se précipita au garage et constata la disparition. Un vent de panique se répandit sur la maisonnée. Les pères et la grand-mère se ruèrent hors de la maison, en direction de la forêt. Ils hélèrent les noms des enfants. Ils ignoraient la direction prise par leurs garnements et décidèrent de se séparer. Après une heure d'agitation, d'angoisse et d'appels, Michel, Jean et mamie découvrirent la petite bande jouant les robinsons dans une cabane de branchages. L'arme traînait par terre, comme un inoffensif jouet. L'oncle chasseur s'en empara aussitôt avant toute autre réaction. Il le remit à jean, après l'avoir déchargé. Il écumait et lançait des regards furieux à ses enfants.

—C'est Antoine, trahit Nathalie.

Il se rua sur le gamin qu'il attrapa par les épaules et le secouant sans ménagement, il vociféra :

—Pauvre crétin ! Tu ne feras jamais rien d'autre que des conneries !

—J'ai toujours pensé que c'était dangereux d'avoir une arme chez soi, surtout avec des enfants, intervint Jean pour freiner l'ardeur de son beau-frère à vouloir corriger Antoine.

—Jamais personne n'avait osé y toucher. Tout le monde savait que c'était strictement interdit. Il y a qu'Antoine pour braver cet interdit.

—Ils étaient tous ensemble, quand même.

—Ecoute, Jean. C'est toujours pareil, il entraîne les autres. A chaque fois, il trouve une nouvelle bêtise à faire.

—Bin oui, Antoine, il fait des âneries que les autres n'osent pas faire. Qu'est-ce que tu veux que je te dise ? Je suis désolé.

—Tu es trop laxiste, tu lui passes tout.

La grand-mère commençait à trouver que son gendre exagérait d'agresser le pauvre Jean de la sorte. Elle aussi pensait que la responsabilité était collective et partagée avec le propriétaire d'un objet si dangereux. Et puis, tout se finissait bien, aucun accident n'était survenu. Elle prit donc la défense de son fils.

—Michel, tu y vas fort. Jean, il fait ce qu'il peut. Il est tout seul avec les deux mômes. Et puis Antoine, ce n'est pas un diable. D'accord il n'est pas facile mais il n'a pas vécu des choses faciles non plus, depuis qu'il est tout petit. Alors bon, le gosse a mal agi mais ne parle pas à Jean comme s'il était en tort.

—J'espère au moins que sur ce coup-là, tu vas sévir, lança Michel à Jean.

—Oui, je vais sévir.

—T'inquiète pas, les autres aussi, ils vont être punis. Je suis d'accord, ils ont tous participé.

Jean décida de priver le fautif d'une sortie à la mer. C'était une excursion organisée par la ville de Montreuil. Jean et les deux garçons s'étaient inscrits avec la voisine et sa fille. Antoine en étant exclu, Fabien fut donc confié à la voisine pour la journée à Houlgate tandis qu'Antoine et son père iraient à Romainville chez les grands parents pour travailler. La maison familiale disposait d'un petit terrain que le grand-père cultivait. Cependant ses engagements syndicaux et associatifs lui laissaient peu de temps pour le jardinage et la grand-mère n'avait que peu de goût pour cette activité. Jean profita de l'occasion pour proposer ses services et ceux d'Antoine.

—Tu vas faire oublier tes bêtises en remettant en état le jardin de papy, avec moi.

Le gamin était ravi, il ne connaissait pas de plus grand plaisir que de rendre service. S'éprouver physiquement et travailler aux côtés de son père constituaient un motif de fierté jubilatoire.

—On forme une bonne équipe de jardiniers, nous deux, hein papa ? Tu as vu, on a tout retiré les mauvaises herbes.

—Maintenant, on va tailler la haie.

Ils jardinèrent de 9 heures à 16 heures, ne s'interrompant que pour le déjeuner. Ils s'apprêtaient à reprendre le bus quand la musique d'une fanfare retentit à l'angle de la rue.

—Il y a une fête, papa. On peut y aller ?

—Non, Antoine, on ne va pas à la fête. Tu es puni.

—Oh, regarde, papa, il y a des chars. On y va.

—Non Antoine, on rentre à la maison.

—Je vais y aller tout seul, alors si toi tu veux pas.

—Tu restes avec moi, Antoine, tu es puni.

—Je suis privé de sortie à la mer mais ça, c'est pas une sortie à la mer. Alors je peux.

Jean soupira profondément.

—Je peux, hein, papa ? Regarde, ça va être amusant. On a bien travaillé. On mérite une récréation, n'est-ce pas ? Toi aussi, tu as fais du bon boulot au jardin. Allez, viens, papa !

Comment résister ?

Le soir, Fabien revint de sa sortie à la mer, les joues colorées par le grand air, les yeux brillant des joies de la journée.

—C'était bien la mer, Fabien ?

—Oui, papa. On s'est baigné. On a mangé des gaufres. J'ai pêché des crabes. J'ai même fait un grand château.

Il n'osait pas trop étaler son bonheur pour ne pas blesser son grand frère qui n'avait pas pu participer.

—Moi je me suis bien amusé aussi, Fabien. On a fait du jardinage, papa et moi, chez papy et mamie. On était ensemble, tous les deux, toute la journée. Mamie nous avait préparé un délicieux repas avec des frites et un gâteau au chocolat. Puis on a été à une fête. C'était formidable. Il y avait de la musique. On a vu des jongleurs, des clowns, un cracheur de feu. J'ai adoré. Franchement, j'ai préféré mille fois ça que la mer. J'aime pas trop la mer, j'aime mieux les fêtes.

Fabien était un peu décontenancé mais il se dit que, finalement, le bonheur avait été bien partagé. C'était mieux ainsi.

-22-

Généralement, l'aîné préparait le repas et aidait son jeune frère à apprendre ses leçons. Quand Jean revenait du travail, les garçons avaient souvent déjà dîné.

—Tu as fait tes devoirs, Toinou ?

—J'ai pas eu le temps. Je me suis occupé de Fab. C'est plus important. Lui, il va réussir. Moi de toute façon, je travaille mal.

—Viens, petit. Ne dis pas que toi, ce n'est pas important. Tu as plein de talents. Tu vas réussir à faire de grandes choses, j'en suis certain. Alors, on va faire tes devoirs, ensemble. Tu as des exercices de calcul, regarde. C'est sur les divisions, tu vois.

—Je dois diviser quoi, papa ?

— On divise quand on a un ensemble qu'on veut partager. Tu comprends ?

—Oui mais là, je sais pas ce que je dois diviser et par quoi.

—Réfléchis un peu et on en reparle.

Antoine comprit qu'il devait proposer une réponse. Il s'appliqua donc, il posa donc une opération qu'il effectua et tendit son cahier à son père.

—Toinou, explique-moi ce que tu as fait là. Je comprends pas.

—Bin, j'ai ajouté tous les prix et j'ai multiplié par le nombre d'enfants. Ça fait un gros montant et j'ai divisé par la somme d'argent.

—Mais, mon garçon, ça n'a pas de sens. C'est la somme d'argent que tu dois partager. Mais tu dois d'abord déduire le montant du prix de l'hôtel. Comme ça, tu as la somme d'argent à partager entre tous pour acheter leurs souvenirs. Tu comprends, Toinou ?

—Oui, je comprends. Je mets le montant de sous moins le prix de la chambre d'hôtel.

—Pas le prix d'une chambre. Ils prennent dix chambres, deux nuits. Donc tu dois multiplier le prix par vingt.

—D'accord et je divise ce qui reste par vingt-sept…

—Non, Antoine, par vingt-trois. Il y a quatre enfants qui ne participent pas au voyage.

—Voilà, ça fait quarante-et-un francs.

Il relevait fièrement la tête comme s'il était sorti victorieux d'un combat acharné.

—Tu vas faire l'exercice suivant, tout seul. Ok ?

Antoine se plongea dans la lecture de l'énoncé suivant.

—Mais papa. Ça n'a rien à voir. C'est plus de l'argent à partager. C'est des marchandises et des camions. Je dois diviser quoi ?

—A ton avis ?

—Les camions ?

—Tu le fais exprès ?

—Non papa. Je suis bête, n'est-ce pas ?

—Mais non, Toinou. Tu réfléchis pas, c'est tout. Qu'est-ce qu'on veut répartir ?

—Les marchandises !

—Voilà ! Et dans quoi ?

—Les camions ! On divise les marchandises par les camions.

—Les kilos de marchandises, oui.

Il y avait sept exercices et chaque fois, Antoine demandait :

—Qu'est-ce que je dois diviser ?

Jean restait patient. Il ne comprenait pas pourquoi le gamin éprouvait tant de difficultés. Est-ce qu'il ne faisait réellement pas d'efforts ? Il était capable de raisonnements complexes, il savait inventer des techniques pédagogiques pertinentes pour aider son frère à apprendre. Alors pourquoi restait-il bloqué devant tous les exercices qu'il devait effectuer pour lui ? Il ne se concentrait pas.

—Papa, tu trouves pas que les chiffres, on dirait des petits personnages. Le un, il penche un peu la tête en avant, comme pour avancer plus vite. Il a l'air très sérieux, le un. Le deux, il est à genoux et tout courbé. Il est humble, le deux. Le trois, il est assis et il tient ses bras tendus en avant comme s'il portait un plateau. Quand on les aligne, ça fait des familles. Tu trouves pas, papa ?

—Si, tu as raison, Antoine. Tu vois, c'est ça la différence des talents. Moi, je divise les nombres et toi tu préfères en faire des familles.

—Les deux sont bien, hein ?

—Oui, les deux sont bien. Mais il faut quand même que tu acceptes de jouer le jeu des divisions et autres opérations parce qu'à l'école c'est plus souvent ça qu'on te demandera de faire avec les chiffres, mon garçon.

-23-

Jean se désolait de ce décalage entre les compétences déployées par Antoine pour aider Fabien à apprendre et son incompétence à montrer ce qu'il savait aux autres. Il l'avait vu expliquer à son frère les grands mythes grecs et romains avec une richesse de vocabulaire impressionnante et il avait ensuite lu ses pauvres rédactions. Il avait assisté à une présentation très éclairante des différentes figures géométriques élaborée par Antoine à l'intention de son cadet et il vivait régulièrement la même douloureuse expérience que celles des exercices sur les divisions. Il enrageait lorsque les enseignants lui renvoyaient l'image d'un Antoine mauvais élève, en difficulté. Cette étiquette lui collait de plus en plus à la peau, au fil des années, renforçant la vision négative que le gamin avait de lui-même. Elle n'entamait pas sa joie de vivre mais le portait à détester, de plus en plus, l'école. Fabien parfois le moquait et Jean trouvait cela insupportable et profondément injuste. Ainsi un soir, il trouva les garçons renfrognés, se regardant en chiens de faïence et le fond de l'air était électrique.

—Tout va bien, les loulous ?
Le « oui, oui » qu'il obtint en réponse sonna totalement faux.
—Pas à moi ! Vous me cachez quelque chose, vous deux.
—Non, y a pas de problème.
—Si vous voyez vos têtes ! Qu'est-ce qui s'est passé, Fab ?
—J'ai pris sa raquette de tennis et je l'ai perdue, s'empressa de répondre Antoine.
—Effectivement, c'est moche. Primo, on t'a déjà dit cent fois de ne pas utiliser les affaires des autres sans leur autorisation. Deuxio, quand on emprunte aux autres, on fait encore plus attention que pour ses propres affaires. Tercio, une raquette, c'est cher. Tu vas devoir lui racheter et je ne pense pas que tu aies assez de sous.
—Oui, je sais mais je vais lui rendre les sous.
—Bon, et bien, ça va donc s'arranger.

—Non mais ça suffit pas. S'il fait cette tête-là, Antoine, c'est parce que je lui ai dit que j'avais pas besoin qu'un minable comme lui s'occupe de mes affaires. J'ai dit que c'est un minable qui fait attention à rien, qui perd tout, qui n'a pas de cervelle et d'ailleurs il est nul à l'école. J'ai pas besoin qu'un nul m'aide à faire mes devoirs.
—Eh bien, je comprends mieux vos mines déconfites. Ecoutez, vous deux. Vous me décevez l'un comme l'autre. Antoine, c'est vraiment pénible, quand on est soigneux comme Fab, d'avoir un frère qui se sert et qui perd, qui oublie, qui casse. Tu ne fais pas d'effort et ça devient insupportable. Quant à toi, Fab. Tu peux bien être en colère contre ton frère mais pas le dévaloriser en lui disant qu'il est nul. Depuis toujours, il t'aide pour que toi, tu réussisses à l'école et je crois qu'il a été utile. Lui, il a du mal à l'école mais il fait la cuisine comme un chef et il pourra devenir un grand cuisinier. Il s'occupe des petits avec patience et il pourra devenir éducateur. Il invente des histoires

passionnantes comme un futur écrivain célèbre…
—De toute façon, tu le défends toujours. Même s'il faisait un crime, tu critiquerais sa victime. C'est ton chouchou.
—Fab, tu n'as pas le droit de parler comme ça. Je vous aime, tous les deux, pareil. Vous déconnez tous les deux, là. Vous allez filer dans vos chambres. Vous reviendrez quand vous serez dans de meilleures dispositions. Allez messieurs, disparaissez !
Antoine ressortit au bout d'un quart d'heure avec le contenu de sa tirelire dans un sac en plastique et il rejoignit son petit frère.
—Je suis vraiment désolé, Fabien. Je te donne ça pour ta raquette et je vais emprunter à papa pour le reste. Pardonne-moi. Je ne devrais pas utiliser tes affaires sans t'avoir demandé avant et puis j'aurais dû faire plus attention. Tu as raison, je suis vraiment nul.
—C'est pas grave, Toinou. C'est qu'une raquette. Garde tes sous. Tu n'es pas nul. Moi je t'ai dit des choses

méchantes, je les pense pas. Tout ce que tu fais avec moi, c'est très important. Tu n'es pas nul. Tu m'as souvent protégé, tu te bats pour moi, tu te dénonces pour moi. Tu sais, tu es bizarre, tu es agaçant mais tu es aussi mon héros.
Antoine embrassa fortement son frère, il avait les yeux un peu mouillés.
—On va rejoindre papa.
Jean savait qu'ils se réconcilieraient comme à chaque fois.
—Antoine, Fabien, il faut pas qu'on se déchire entre nous. On peut s'engueuler mais pas longtemps. On a déjà un handicap : il manque une maman. Alors, nous trois, on doit être soudés. Tous pour un et un pour tous !

-24-

Madame Vancaeyzeele attaqua la séance suivante avec cette question :
—Alors, votre frère vous considérait comme un héros ?
—Non, quand même pas. Il disait ça pour me faire plaisir.
—Avez-vous parfois eu l'impression d'agir héroïquement quand vous étiez enfant ?
—Bin non…euh si : une fois, en fait. J'ai fait quelque chose d'un peu courageux.
Il avait dix ans. C'était son deuxième CM1. Il avait une copine de classe qui s'appelait Stéphanie. Il l'aimait bien, elle était douce, elle était bonne élève mais pas arrogante. Pour elle, il jouait les chevaliers servants, il portait son cartable quand il était trop lourd et il lui disait :
—Si quelqu'un t'embête, il connaîtra mes poings.
Quelquefois, Antoine et Stéphanie travaillaient ensemble, ce qui voulait dire qu'elle travaillait pour deux… Puis, Stéphanie est tombée malade. Elle a cessé de venir en cours. L'instituteur a

annoncé qu'elle avait un cancer dans le sang, une leucémie. Les écoliers lui ont écrit une lettre, toute la classe. Elle leur a répondu. Dans sa lettre, elle disait qu'elle n'avait pas droit aux visites d'enfants, qu'elle s'ennuyait et qu'elle aimerait revenir bientôt parmi eux. Antoine a décidé d'aller la voir. Un matin, au lieu de prendre le chemin de l'école, il s'est rendu à l'hôpital Necker. A l'accueil, il a été refoulé, le personnel de l'hôpital voulait appeler ses parents, il s'étonnait que le gamin ne soit pas en classe... Il a filé. Il avait toutes les informations sur la chambre de Stéphanie. Elles figuraient sur son courrier : son service, son bâtiment, l'étage, le numéro de la chambre. Alors, il réussit à se faufiler au pied de son bâtiment, il y avait une fenêtre ouverte, il est passé par cette fenêtre et il s'est caché derrière une porte. En avançant à pas de velours, se plaquant contre les murs comme il avait vu faire dans les films de gangsters, il parvint à rejoindre la chambre de sa camarade. C'était tout triste, cette chambre. Stéphanie semblait minuscule, avec son petit bonnet blanc sur la tête, sa peau diaphane et son pyjama clair, dans cette pièce blanche, dans son gros lit métallique et avec tous ces appareils autour d'elle. Elle lui a dit : « tu dois enfiler les petits chaussons et mettre la charlotte pour rester avec moi. Il y a des microbes sur tes chaussures et sur tes cheveux et moi, je suis un peu fragile, il faut donc éviter que je sois en contact avec ces microbes. » Elle avait vraiment l'air très fragile. Il s'est aussi lavé les mains comme il était écrit sur le panneau à l'entrée. Il s'est assis à côté d'elle et il lui a serré les deux mains pour lui signifier quelque chose comme « on est ami, je t'aime bien ». Il lui a raconté des trucs de l'école, puis aussi des histoires inventées. Il savait si bien raconter les histoires. Il a blagué. Elle a ri. C'était super de susciter son rire. Il entendrait toujours résonner dans sa tête, le bon rire de Stéphanie. On a frappé à la porte. C'était une infirmière. Stéphanie lui a soufflé :

— Cache-toi dans l'armoire !

En bas, en se mettant en boule, il put se caser. L'infirmière n'est pas restée longtemps. Dès qu'elle a eu tourné les talons, Stéphanie a dit :
—Tu peux sortir !
Ça les a également beaucoup amusés. Ils pensaient aux pièces de théâtre, à la télé, dans « au théâtre ce soir », où c'est l'amant qui se cache dans le placard pour pas que le mari le voie... Après, les infirmiers sont venus à deux, sans frapper, cette fois. Ils étaient très en colère contre le gamin. Ils l'ont poussé dehors. Il a fait un petit signe à Stéphanie et il lui a envoyé un baiser avec la main. Les hommes en blouse blanche l'ont emmené dans un bureau, il lui ont dit que c'était très mal ce qu'il avait fait.
—Tu l'as mise en danger. Tu comprends, si c'est interdit c'est parce que c'est très mauvais pour elle, très mauvais.
Ils le reluquaient bizarrement, le garçon n'était pas rassuré. Ils lui ont demandé :
—Tu t'appelles comment ?

Il a profité d'un instant d'inattention de leur part pour leur fausser compagnie. Il a couru au métro et il est rentré à Montreuil. Il avait loupé l'école et c'était déjà le milieu de l'après-midi. Il s'est assis sur un banc et il a pleuré. Puis il a regagné la maison à l'heure habituelle. Le lendemain, à l'école, il a prétendu avoir été malade. L'instituteur n'avait pas trop confiance en lui et il fallait un mot des parents, en cas d'absence. Il a remis à Antoine un mot pour son père.

Mme Vancaeyzeele écoutait Antoine, en silence, elle sentait l'émotion monter. Il racontait maintenant comment l'aventure avait été accueillie chez lui. C'était une période au cours de laquelle Jean arrivait tôt à l'appartement. Il était très épris de Simone et elle vivait chez eux. Jean ne pouvait rien promettre aux femmes : il était toujours marié. Il n'envisageait pas de faire prononcer un jugement déclaratif d'absence concernant sa femme car il espérait secrètement et follement un retour d'Annie. Pour autant, il aimait les femmes et s'il n'envisagea jamais

de se remarier, il connut de belles idylles. Il n'avait rien d'un collectionneur et il vivait chaque aventure comme si elle devait durer toujours. Ainsi, Simone était son éternel amour du moment. Fabien l'adorait. Elle exerçait le métier de professeur de sciences naturelles et le petit, passionné des sciences de toutes natures l'assaillait de pourquoi et de comment et buvait ses paroles. Antoine l'appréciait, quant à lui, pour sa tolérance et sa bienveillance.
—Tu n'étais pas à l'école, hier, tonna le père.
—Non, j'y suis pas allé.
—Et tu as prétexté avoir été malade.
—Oui, je sais, j'ai dit ça et c'est pas vrai.
—Alors, tu manques l'école et tu mens. Bravo ! C'est de mieux en mieux.
—Je pouvais pas dire la vérité...je suis allé à l'hôpital.
—A l'hôpital !
—Voir Stéphanie. Tu sais, Stéphanie.
Il savait pour Stéphanie.
—Elle avait envoyé une lettre à la classe. On comprenait qu'elle était

malheureuse, qu'elle aurait aimé qu'on vienne la voir. Alors, je l'ai fait. Mais c'est interdit. Les enfants ne peuvent pas entrer dans sa chambre à cause des microbes qu'on transporte. J'ai dû ruser pour arriver jusqu'à elle, je suis passé par une fenêtre, je me suis caché. Mais je t'assure, même si c'est interdit, même si c'est mal, ça lui a donné beaucoup de joie, ma visite.

—Bon, file là-haut ! On va réfléchir.

Antoine décampa et s'enferma dans sa chambre. Plus tard, Fabien l'appela pour le repas. Antoine adoptait la mine déconfite de celui qui est en tort. Simone trouvait injuste qu'il se sentît obligé de se retrancher dans cette attitude penaude alors qu'elle considérait son acte comme généreux et quasiment héroïque pour un enfant de son âge. Elle l'accueillit avec un sourire encourageant.

—J'ai rien fait de mal, s'enhardit-il.

—Tu n'as rien fait de mal, tu as fait quelque chose de bien mais qui te met dans le pétrin. Tu l'as choisi alors maintenant tu dois trouver comment t'en sortir.

Jean apportait la soupe. Il regarda son fils, en essayant de masquer sa fierté.
—Je vais rédiger un mot d'excuse. Mais toi aussi, tu vas écrire le tien. Tu vas expliquer ce que tu as fait et pourquoi. Je pense qu'ils comprendront. D'accord ?
Antoine s'appliqua à décrire comment il avait essayé de briser la solitude de la petite malade et de la faire rire. On ne le punit pas, malgré son mensonge.
 La psychologue ne l'avait pas interrompu, au long de son récit. Il pleurait maintenant à chaudes larmes.
Cinq mois plus tard, Stéphanie était morte, à l'hôpital. Ses amis de classe l'ont appris après l'enterrement. Antoine ne l'avait pas revue.

-25-

— Et vos grands-parents maternels, vous n'en parlez jamais ?
— Oui, c'est vrai, j'en parle pas. On les voyait, tous les mois. Au départ, ils étaient extrêmement durs avec mon père, comme s'ils le considéraient comme responsable de la disparition de ma mère. C'était vraiment désagréable. Je ne sais pas comment il a pu supporter pareille attitude tellement injuste. Finalement, ils sont revenus à de meilleures dispositions. Ils nous donnaient des sous, à papa et à moi puis, plus tard, à Fabien aussi. Je ne peux pas dire que je ne les aimais pas mais je n'avais pas d'affection pour eux. On allait chez eux, dans Paris, dans le cinquième. Ils étaient riches. Mais durs. Ma mère avait un frère plus jeune, Patrick. Il était beaucoup plus jeune qu'elle, au moins dix ans de moins. Il s'était révolté contre ses parents, était parti en claquant la porte, en hurlant qu'il les reniait. Il s'était engagé dans un mouvement révolutionnaire, il faisait partie d'un

truc qui s'appelait *NAPAP*[10], je crois. Il avait participé à une agression contre le directeur des Charbonnages de France et à d'autres actions plutôt violentes. Je ne crois pas qu'il ait provoqué la mort de quelqu'un. En fait, je n'en sais rien. C'était un garçon très maigre, je me souviens qu'il avait les cheveux et les yeux noirs et la peau très brune, il ressemblait à un espagnol. Il paraissait timide et doux. Il est venu chez nous pour se cacher. Il avait été blessé par un coup de feu. J'avais dix ou onze ans. Papa m'a dit de rester avec Fabien et il a emmené Patrick avec lui pour le faire soigner. Il lui a prêté ses lunettes noires et a caché son visage dans une grosse écharpe de laine, il lui a passé un long manteau et il l'a emmené en voiture, chez un ami médecin. La blessure de Patrick pissait le sang. Quand ils sont rentrés, il avait l'air d'aller beaucoup mieux. Je lui ai demandé de me

---

[10] *NAPAP : Les Noyaux armés pour l'autonomie populaire (NAPAP) sont un groupuscule armé français maoïste, qui apparaît en France en décembre 1976.*

montrer son pansement. Mon oncle a soulevé son pull et j'ai vu que son ventre était tout enrubanné. Il est resté planqué chez nous, pendant quelques jours. Il passait ses journées à dessiner. Il m'a initié au dessin. Il expliquait avec gentillesse, guidait ma main sur la feuille de papier. Je lui parlais de mon école, des maîtres qui punissaient facilement. Il m'a répondu que c'étaient des salauds et qu'ils voulaient faire de nous des petits lâches bien dociles, de la chair à usine et de la chair à canon. Je l'aimais bien et pourtant, je ne l'ai pas vu souvent. Après ça, il est parti à l'étranger et on n'a jamais su ce qu'il était devenu. Les grands-parents ne voulaient pas en parler. Avant, on l'avait croisé quelquefois chez grand-père et grand-mère, quand il habitait encore avec eux. Moi j'étais très petit. Je me rappelle juste qu'une fois, il s'était engueulé avec ses vieux, il les avait traités de salauds de bourgeois et il s'était pris une gifle tellement violente que ça l'avait expédié à l'autre bout de la pièce. Il était sorti en claquant la

porte. Moi, j'ai toujours détesté les trucs violents, ça m'a fait pleurer. Bon, je devais avoir six ou sept ans.
—Vous avez toujours détesté la violence...
— Oui, je pouvais même pas regarder la télé. Quand j'étais tout-petit, voir les policiers emmener *Oui-oui*[11] en prison, ça me faisait faire des cauchemars. Plus tard, c'étaient les images de la guerre ou des gens qui meurent de faim. Je pleure facilement. C'est nul, je sais... surtout pour un gars...
—Mais, non Antoine, vous êtes très sensible, vous avez une sensibilité à fleur de peau. Moi je trouve que c'est beau.
Antoine haussa les épaules, il n'en était pas convaincu. Il se considérait plutôt comme un faible. Il restait chez son père, comme dans un cocon protecteur, par peur d'affronter le monde. Il faisait des petits boulots, par peur de choisir, de se retrouver happé dans une histoire, avec des

---

[11] *Oui-oui* : personnage de livres pour enfants créé par la romancière britannique Enid Blyton en 1949.

responsabilités. Pourtant il avait conscience que la réalité était plus subtile. Il ne pouvait pas s'accuser de lâcheté, sans tenir compte des responsabilités qu'il avait assumées avec Fabien, ni admettre qu'il se sentait lié à tous ses amis si étroitement qu'il aurait pu se jeter dans le feu pour les sauver. Il avait peur, cela l'empêchait de faire des choix mais cela ne l'empêchait pas d'être courageux et d'oser, pour les autres, des actions que bien peu aurait osé.

-26-

Madame Vancaeyzeele éprouvait une profonde affection pour Antoine et même pour son père et son frère qu'elle ne connaissait pas. Elle se blâmait de ne pas savoir garder la distance nécessaire à toute relation d'aide. Il lui arrivait de vouloir le serrer sur son cœur pour mieux lui permettre de se réconcilier avec lui-même. Elle n'avait pu s'empêcher de se mettre à le tutoyer. Elle l'encourageait, elle voulait qu'il sache combien il était riche.

—Tu as beaucoup de blessures, Antoine. Mais tu as une grande chance, tu es très sensible aux autres et tu peux les aider, tu les rejoins dans leurs propres souffrances. C'est un trésor, mon garçon.

La mort de Stéphanie l'avait beaucoup perturbé. Il n'avait, ensuite, plus eu aucun goût à l'étude. Antoine s'est alors mis à faire un peu n'importe quoi. Malgré ses deux CM1, il a fait un CM2 catastrophique. D'ailleurs ils ont décidé de l'envoyer en classe de transition, une classe pour les élèves en échec scolaire. En été, les deux frères, Fabien et Antoine, partaient un mois en colonie de vacances. Les deux années précédentes, ils avaient beaucoup aimé ces vacances, au goût d'aventure, à la mer ou à la montagne, comme des grands. Les moniteurs appréciaient Antoine : il s'occupait des plus petits, se montrait débrouillard, imaginatif et souvent très attendrissant. Après une année scolaire pénible, il envisageait donc avec la plus grande joie ce nouveau séjour en collectivité. Mais cette année-là, le moniteur dans le groupe duquel il était tombé a tout de suite pris le gamin en grippe. Au lieu d'essayer d'amadouer l'animateur comme il savait si bien le faire habituellement, il a décidé de lutter. Et ça a été horrible. L'adulte s'acharna à humilier Antoine et le tournait en ridicule pour tenter de le mâter. Un combat s'engagea, âpre et déséquilibré. Antoine détruisait ce que son groupe avait construit –cabanes ou bateaux -, il planquait le matériel, il tirait les cheveux des petites filles sages, il renversait de la peinture sur leurs vêtements… Plus l'adulte essayait de le dompter, plus il se déchaînait. Le plus affreux, c'est qu'on l'empêchait d'aller embrasser son petit frère le soir. On ne lui confiait aucune responsabilité, on le rabaissait sans arrêt. Un évènement se produisit alors, peut-être en lien avec le climat de conflit permanent dans lequel vivait Antoine : il eut une crise d'épilepsie et il dut être hospitalisé, en urgence. De retour à la colo, tout le monde s'est mis à le traiter avec douceur et précaution. Les jours précédents, il était la bête à abattre, considéré comme un chien et soudain parce qu'ils avaient eu peur qu'il ne meure, ils le couvaient comme un œuf. Cette attitude, ce revirement provoqué uniquement par la peur engendra un profond dégoût chez Antoine. Il fut prit de nausées, au sens propre. Il décida donc de quitter cette bande de minables et, pour la première fois, il fugua. Il ne pensa même pas à Fabien. Simplement, sans aucune difficulté, il s'est envolé. Pfouit ! Le fugitif avait alors traîné dans le village, il avait fauché de quoi manger, des fruits dans les jardins, des biscuits dans une épicerie. Il s'est baladé dans la campagne jusqu'à la nuit. Ils lui ont envoyé les flics et les flics l'ont retrouvé. A la colonie, ils ont considéré qu'ils pouvaient plus le garder, c'était trop risqué. D'abord, à cause de sa maladie, ensuite à cause de ses conneries et puis, un gamin de onze ans qui fugue, ce n'était pas gérable… Ils ont appelé Jean pour qu'il vienne le chercher.

—Je reprends les deux, déclara Jean.

Fabien ne voulait pas rester sans son aîné. Il était très malheureux de toutes les misères qu'avait subies son grand frère, dans cette colo.

Antoine savait que son père ne lui en voulait pas. Jean s'inquiétait de voir l'épilepsie revenir alors qu'ils s'en croyaient débarrassés. Depuis quatre ans, elle ne s'était pas manifestée. Quatre ans de trêve. Voilà que tout recommençait… Il se sentait coupable d'avoir envoyé les enfants dans une mauvaise colonie. Il décida de prendre des vacances avec eux, sans attendre le mois suivant. Il ne savait pas comment présenter la situation au boulot. Il ne pouvait pas se mettre en congés inopinément alors que tout avait été organisé avec ses collègues depuis le début de l'année : il devait être présent en juillet et s'arrêter en août. Cette journée volée pour rechercher les garçons dans l'Allier perturbait déjà suffisamment les plannings. Il décida de voir un médecin, lui qui fuyait le corps médical comme la peste, même quand il avait quarante de fièvre ou ne tenait plus debout. Naïvement, il s'imaginait que le médecin lui accorderait un arrêt maladie s'il lui expliquait qu'il voulait passer quelques jours de vacances en plus avec ses enfants. Il suffirait de parler de la maladie d'Antoine. Le docteur l'examina. Il tirait une drôle de tête. Il n'accordait aucune attention aux histoires de vacances supplémentaires pour être avec son fils épileptique mais il semblait très préoccupé par les battements du cœur de Jean.

—C'est sérieux mon vieux. Vous avez un méchant problème au cœur. Il faut consulter un cardiologue. Il faut vous ménager aussi. Vous aurez un traitement mais moi, je ne peux rien faire sans examen complémentaire. Vous avez une forte arythmie, de la tachycardie et puis votre tension est beaucoup trop élevée. Je vous donne une semaine pour vous reposer avec vos fils mais après vous devez me promettre de prendre les choses en main.

Il promit mais ne tint pas promesse. Il voulut offrir les plus belles vacances du monde aux garçons. Il les emmena dans un hôtel de luxe, avec piscine, équipements de jeux pour les enfants et restaurant étoilé. Ils s'initièrent à l'équitation, au kayak, au golf et à la photographie animalière. Jean claqua en une semaine, plus de deux mois de salaire. Il voulait les voir s'amuser, croquer la vie. Il voulait les voir heureux à ses côtés.

—Toinou, je ne te mettrai plus jamais en colo.

—Si papa, moi, je voudrais y retourner. Les autres années, c'était bien.

—Cette année, le mono, il détestait Toinou, expliqua Fabien. Il était vraiment méchant avec lui, il l'a même frappé. Il l'a fait manger par terre…

—Papa, dis à Fab de se taire. On n'a pas besoin de ressasser tout ça. Moi ça me fait gerber, c'est tout. Il y a des gens méchants partout. On peut pas dire « plus de colo » parce que dans les colos, on peut trouver des gens qui t'aiment ou des gens qui te détestent. Comme ailleurs. Là, je suis mal tombé. C'est pas grave, ce sera mieux la prochaine fois.

La nuit à l'hôtel, dans la chambre qu'ils partageaient à trois, Antoine entendit son père tousser. C'était une toux rauque, inquiétante.

Cette toux, ces essoufflements, ces suées revinrent, ensuite, régulièrement.

-27-

—La psychologue, elle m'a conseillé d'apprendre à faire des films pour exprimer ce que j'ai dans les tripes. Je vais m'inscrire à des cours de cinéma.
—C'est bien. Ça me fait plaisir que tu reprennes des études. Tu n'as pas besoin d'avoir de diplôme pour faire cette école ?
—Non, j'ai trouvé un cours gratuit et sans diplôme.
Antoine en avait fini avec sa plongée dans le passé. Il était désormais sommé de se tourner vers l'avenir. Le samedi soir et le mardi soir, l'avenir prenait les traits de Céline et Aurélien, les gamins dont on lui avait confié la garde, bien inconsciemment – non ! Il ne fallait pas dire « inconsciemment », même pour rire, car c'était dévalorisant et, en vérité, il s'était toujours comporté de manière très responsable avec les enfants. Le baby-sitter avait un succès fou. Il avait déjà éprouvé au centre social SFM, sa forte popularité auprès des mômes, en particulier des tout-petits. Quand il leur parlait, il

s'accroupissait pour être à leur hauteur. Il aimait inventer avec eux des histoires et des jeux. Il ne se considérait pas comme s'occupant d'eux car il s'amusait vraiment, lui aussi. Céline et Aurélien étaient jumeaux, ils venaient de fêter leur cinquième anniversaire. Leurs chambres ressemblaient à des magasins de jouets tant leurs parents, jeunes cadres très investis professionnellement et culpabilisant à cause de leur insuffisante présence parentale, s'efforçaient de compenser par un trop-plein de jouets. Antoine était fasciné par les Playmobil avec leurs univers très élaborés qui offraient des perspectives d'aventures infinies.
—Alors, on invente une histoire et après, on la joue.
—D'accord. On joue avec le château et les chevaliers.
—Nous avons donc un roi : on dirait qu'il est méchant, dur, impitoyable. Ça vous va, les loulous ?
—Oui, oui ! Il prenait toutes les richesses pour lui.

—Et les pauvres paysans mouraient de faim.
—Il avait une fille, belle et intelligente. Elle aimait la musique et la peinture. Tu veux pas jouer la princesse, Aurélien ? Celui qui prend la princesse, il a aussi les musiciens et le peintre, interrogea Antoine qui aimait casser les codes trop tôt imposés aux enfants.
—Non, moi je veux être le roi méchant. Je serai terrible.
—C'est pas juste, c'est toujours toi qui fais le roi ! se rebella Céline.
—Il y a un autre rôle qui est pas mal si tu veux. Il faut quelqu'un pour jouer les paysans.
—Bin non, je préfère encore la princesse. Toi tu es les paysans, Antoine.
—Ok, mais il y aurait un paysan qui se révolte contre le roi et il entraîne les autres avec lui.
—Alors moi, je le jette en prison et je le fais fouetter et même torturer.
—Mais la fille du roi est amoureuse de lui et le délivre.
—Non, non ! Sinon je mets ma fille en prison aussi !

—Tu ne vas pas envoyer ta fille en prison quand même ?

—Et pourquoi pas ? Je suis méchant et cruel !

—Bon, écoutez ! On a l'histoire. Maintenant, on la joue. On verra comment ça se passe au moment où je m'échapperai de prison. On improvisera.

Quand les parents les surprenaient en plein jeu, ils se moquaient gentiment de la passion avec laquelle le baby-sitter s'impliquait dans ces futilités enfantines. Ils admettaient avec lui que cette manière de faire développait l'imagination des mômes et ils admiraient sa capacité à captiver les petits. Il entrainait aussi leurs compétences en logique, créant des énigmes à résoudre pour trouver le trésor – lot de bonbons ou mini-gadgets récupérés dans un paquet de lessive ou un magazine-.

—Vous me dessinez les extra-terrestres sur leur planète et pendant ce temps, je prépare l'énigme.

Il cachait des petits papiers avec des messages codés, des plans, des indices qui devaient les guider par étape, vers le trésor.

—Tu devrais devenir instit'. Les enfants t'adoreraient comme maître, le complimenta la mère des jumeaux.

—Tu parles ! J'ai pas le BAC, j'ai même pas le BEPC.

—Ah bon ! Mais, tu es si cultivé !

—Comme quoi, tout ne s'apprend pas à l'école !

—Et animateur ?

—Oui, j'ai le BAFA. Je veux bien animer un centre de temps en temps, pour des vacances scolaires mais moi, je veux devenir cinéaste.

Il savait ce qu'il voulait, maintenant, et il ne manquait pas de le clamer. Pourtant, au fond de lui-même, il se disait qu'il n'y arriverait jamais.

—En fait, tu te complais à répéter que tu es un raté, avait noté Madame Vancaeyzeele. C'est confortable !

-28-

Ils se retrouvèrent au *Village du Livre*[12]. Emmanuelle attendait la fête de l'Huma avec une impatience qui virait à l'obsession.

—J'aimerais vivre dans une fête de l'Huma permanente ! Les gens sont tellement beaux, tellement solidaires, tellement pacifistes, à la fête ! Et tous ces bénévoles qui passent trois jours à faire des crêpes dans une chaleur d'enfer ou ceux qui font dame-pipi pour récupérer un peu d'argent pour leur section sur la recette des toilettes ! Les gens ne viennent pas que pour les chanteurs, ils participent aux débats, ils soutiennent nos luttes et on fait des adhésions. On est toujours le premier parti de France.

Antoine aussi aimait la fête de l'Huma. Il y venait depuis qu'il était tout gamin, avec les cars de la ville de Montreuil. Papy tenait la loterie du Secours Populaire. Lui passait des heures au stand de Pif. En 1986, ça grondait. La

---

[12] *Village du Livre : espace de la fête de l'Humanité*

droite était revenue au pouvoir pour la première cohabitation. Ils avaient supprimé l'impôt sur les Grandes Fortunes, supprimé l'autorisation administrative de licenciement, une nouvelle vague de privatisation était engagée et les conditions de séjour des étrangers se durcissaient encore plus. On avait vu passer, sans rien dire, le nuage de Tchernobyl. Antoine et Emmanuelle étaient unis dans leur désir de changer cette société. Fabien les accompagnait pour assister au concert des *Communards*.

Emmanuelle avait reposé *les lettres de prison* d'Antonio Gramsci, elle se tourna vers son ami et lui déclara tout de go :

—Tu veux vivre avec moi ?

—Tu me dis ça comme ça, en sortant d'une table ronde sur Pablo Neruda. Je suis perdu, moi.

—Tu veux pas ? Je pensais que ça te ferait plaisir…

—Oui ça me fait plaisir.

Quand ils passèrent devant le stand de Cuba, il ressentit un pincement au cœur.

Il s'installa chez elle, vivant d'amour, de cinéma, de luttes et de la compagnie des enfants. Jean lui offrit une caméra pour ses vingt ans.
—Tu pouvais pas me faire un cadeau plus chouette ! Elle est vachement cool ! Merci *daddy* !
Ils furent ensuite embarqués dans le mouvement étudiant contre la loi Devaquet. Antoine filma la manifestation silencieuse en hommage à Malik Oussekine, mort dans la nuit du 5 au 6 décembre, battu par les policiers (*les voltigeurs*), à coups de matraque et de pied dans le ventre. Le film durait douze minutes. On y voyait les visages graves, la tristesse et la détermination. Le silence envahissait le champ, à peine entrecoupé de rares slogans « Pasqua, Pandraud, vous êtes de trop ! Vous avez tué, assassiné. Démissionnez, démissionnez » et de quelques mots trop banals échangés entre manifestants « j'aurais dû prendre mon écharpe, je suis en train d'attraper la crève. » A la fin du film, sur l'écran noir, Antoine prononçait, gorge nouée, quelques paroles, une

sorte de poème qu'il avait composé pour la victime :
Fauché en plein vol, petit Malik, vibrant, palpitant, aimant.
Abattu par les brutes, tu ne verras pas le printemps.
Nous semons pour toi les coquelicots de la jeunesse,
Nous inventerons pour toi un pays sans chasseur.

-29-

En mars, la grand-mère s'éteignit doucement. La tête était déjà un peu partie. Elle s'emmêlait les crayons depuis quelque temps, confondait les enfants et les petits-enfants, perdait ses clés et son porte-monnaie que l'on retrouvait au réfrigérateur. Pierre, l'aîné de ses fils, l'avait accueillie chez lui.

— Ça la dépaysera pas trop puisqu'on habite juste à côté de là où elle vivait, à Romainville.

Elle s'en fichait un peu, elle était complètement dépaysée n'importe où. Elle ne dit rien, elle ne voulait pas déranger. On ferait comme ça arrangeait tout le monde. Malgré tout, elle interrogeait souvent :

—Pourquoi on change tout ? Et où il est Georges ?

Georges, c'était le grand-père.

—Pourquoi il est encore prisonnier en Allemagne ? La guerre n'est pas encore finie ? Il va bientôt rentrer ? Les petits ont besoin de lui. Quatre petits…

Comme il ne rentrait plus depuis six ans, elle préféra le rejoindre là où il était.

Quelques jours après l'enterrement, Antoine et Fabien s'étaient retrouvés au bistrot de la mairie. Ils se tapaient une bière.

—Franchement, Fabien, moi, ça m'a déprimé qu'on lui fasse un enterrement comme ça ! On l'a jetée en terre et voilà ! Fini ! On rebouche le trou. Tu vois, c'est déjà triste de perdre sa grand-mère mais c'est triste aussi de ne pas lui dire un bel au-revoir. Je suis pas catho mais au moins, dans les obsèques à l'église, on parle de la personne qui est morte, on lui rend hommage … Là, nous : rien. Pour le grand-père, il y avait eu des discours : le maire et tout ça. C'était chiant mais c'était pas si brutal. Pour mamie, je trouve que c'était violent.

—Tu exagères.

—Non, j'exagère pas. J'arrive même pas à assimiler qu'elle est morte. Dans ma tête, elle va revenir, on l'a oubliée dans sa chambre. Je la vois, avec précision, elle se demande pourquoi elle se retrouve sans personne, elle a faim. Tu te rends compte, j'imagine des choses comme ça.

—Tu exagères.

—On aurait pu au moins prononcer quelques paroles d'amour. On pouvait lui chanter une chanson qu'elle aimait. Une chanson de Julien Clerc, par exemple. Tu te souviens comme elle chantait souvent : « *Il patinait…ait, il patinait, sur une jambe, il patinait….C'était un échassier bizarre, il ne sort pas de ma mémoire.* [13] » ou bien « *Ce n'est rien, tu le sais bien, le temps passe, ce n'est rien, tu sais bien…Et c'est comme une tourterelle, qui s'éloigne à tire d'aile, en emportant le duvet qui était ton lit un beau matin* [14] ». Celle-là, c'était pour nous consoler… Je suis sûr que de les chanter, ça aurait été fidèle à ce qu'elle était.

---

[13] *Le Patineur, chanson de Julien Clerc figurant sur son album Liberté, Égalité, Fraternité… ou la Mort sorti en 1972.*

[14] *Ce n'est rien est une chanson composée et interprétée par Julien Clerc, sur des paroles d'Étienne Roda-Gil, parue sur l'album Niagara en 1971.*

—Personne n'avait le cœur à chanter…Et puis, pourquoi tu ne l'as pas proposé avant ?
—Oui, c'est con, j'ai toujours un train de retard. J'ai été pris de cours. Je pensais pas que ça ferait cet effet. Ils ont dit que mamie n'aimait pas les cérémonies, qu'elle ne croyait pas en Dieu et détestait les curés. Ils ont voulu faire au plus simple parce qu'elle l'avait demandé, elle avait déclaré : *« quand je mourrai, ne vous cassez pas la tête. Vous me mettez dans le trou et vous allez boire un coup. »* Alors ils ont cru bon d'exécuter ses dernières volontés. Et puis, ils ne cessent de répéter : « il faut s'occuper des gens quand ils sont vivants, pas quand ils sont morts ». Moi, j'affirme que s'occuper des morts, ça fait du bien aux vivants aussi.
—Tu as peut-être raison, frérot.
Fabien commençait à comprendre que son frère avait, à son tour, parfois besoin de son soutien. Il voyait maintenant clairement les fragilités d'Antoine, son extrême sensibilité qui le rendait si vulnérable.

—Si tu veux, Toinou, on peut faire comme une petite cérémonie à mamie. Nous deux. Ou avec papa.
—Quand mamie n'avait pas encore perdu sa tête, euh … pas trop, quand ça allait encore pas trop mal, je l'avais filmée. J'ai un petit film, elle prépare du café, elle se cache la figure, on la voit rire aussi. Je pourrais vous le montrer.
—C'est magnifique. Après, on dira comme on aimait mamie et on chantera Julien Clerc.
Ils firent comme ils avaient dit. Antoine s'en trouva tout apaisé et les deux autres aussi, d'ailleurs.

-30-

Emmanuelle quitta Montreuil, elle quitta la région parisienne et elle quitta aussi Antoine. Elle avait trouvé un super job à Rennes. Il n'avait qu'à venir avec elle, ils emménageraient à deux.

Et ses études de cinéma, elle y pensait ? Il n'allait pas abandonner en troisième année quand même ! Rennes n'était pas si loin. Ils se retrouveraient chaque week-end.

Aussi firent-ils les allers-retours chacun leur tour. Puis, Antoine s'y colla toutes les semaines… et tous les mois … et finalement plus du tout. Elle avait rencontré André, un étudiant congolais qui préparait une thèse en sciences de l'éducation. Elle n'avait pas envie de quitter Antoine. Pourtant, la passion ardente du début, murie après Cuba, s'était maintenant éteinte et personne ne souffrit de cet épilogue. Ils se quittèrent doucement, tendrement mais définitivement.

—C'est la vie…

Avant le départ de Manu pour Rennes, le jeune homme s'était lié avec une bande d'artistes qui squattaient rue des Cascades, dans le vingtième arrondissement de Paris. Quand il se retrouva SDF, il s'installa tout naturellement avec eux. Il termina sa formation à La Femis et continua de réaliser des courts métrages avec sa petite caméra, en y insérant des poèmes de ses auteurs préférés ou de sa propre composition. Il tira même quelque argent de ses créations et put arrêter les gardes d'enfants et s'acheter du nouveau matériel. Il n'envisagea pas, malgré l'insistance de Jean, de prendre un petit studio, le mode de vie communautaire et en marge lui convenait parfaitement. Il s'intéressa à l'émergence du rap et filmait les jeunes de Saint-Denis qui se lançaient des défis artistiques. Comme il restait tard le soir, pour capter les concerts, il emménagea dans un squat à Saint-Denis pour être sur place. Or la police surveillait ce lieu depuis quelques mois, y traquant un dealer d'assez gros calibre. Elle débarqua au

petit matin, en vue de capturer l'oiseau et de nettoyer l'endroit de toute la racaille qui y trainait. Antoine fut embarqué et se retrouva au poste.
—On te connait, toi ?
— Ça m'étonnerait. J'ai jamais rien fait de mal.
—Tiens donc ! Nom, prénom, date de naissance !
—Delhomme Antoine, 10 avril 1966.
—Voilà ! Moi, j'ai un dossier sur toi et j'ai quelque chose là, tu vois : 19 décembre 1983, vol avec effraction…
—Vous me ressortez cette affaire ! C'est pas effacé ? Ok, je m'étais accusé pour protéger une fille. Mais vous aviez un enregistrement caméra de surveillance et vous avez vu que c'était pas moi…
—On t'a relâché. En attendant, avec tes conneries, tu nous as fait perdre la fille !
A l'époque, Antoine avait eu de la chance, il avait bien failli se retrouver derrière les barreaux. Malgré tout, on pouvait douter de la totale innocence du jeune homme et croire que la coupable et lui avaient organisé leur

coup. Si lui et la belle inconnue avaient su qu'une caméra filmait en permanence le magasin, leur petit manège improvisé aurait constitué une stratégie : il se dénonçait, elle s'enfuyait, disparaissait, les keufs regardaient l'enregistrement et découvraient le visage d'une femme brisant la vitrine avec un pic et s'enfuyant avec la recette.
—Un faux-témoignage, c'est un grave délit…
—Vous m'avez pas poursuivi.
—On a été bien trop laxiste, alors crâne pas.
En fait, rien n'était prémédité entre Antoine et cette jeune voleuse. Le drôle de bon Samaritain ne savait pas qu'une caméra l'innocenterait. Il avait été fasciné par cette fille qui chantait dans les rames de la ligne 13. Il était littéralement envoûté par ses yeux noirs, ses hanches pleines et son port altier. Il ne comprenait pas les paroles de ses chants mais l'émotion qui s'en dégageait lui tirait des larmes. Plusieurs fois, il poussa jusqu'à l'arrêt Basilique de Saint-Denis, terminus de

la ligne où elle descendait et il la suivit dans la rue. Il n'osait pas l'accoster. Elle l'avait repéré, il était encore derrière elle, le soir où elle devait voler le magasin de vêtements chics, prendre l'argent pour aller en Angleterre, rejoindre les cousins. Quand l'alarme s'est déclenchée, qu'elle a eu des difficultés à sortir, il était là et il lui a fait signe de filer à droite car la police arrivait par la gauche. Elle l'a supplié :
—Dis que c'est toi qui a volé, dis que tu as caché l'argent. Dis que c'est toi. Aide-moi, sauve-moi. J'ai pas les papiers. Ils vont me renvoyer Pakistan. Pas possible, j'ai un bébé, je peux pas être renvoyée...
Elle lui a déposé un baiser sur la bouche. Les flics approchaient. Il s'est collé contre le mur et quand ils furent là, il a hurlé :
—Ne tirez pas ! C'est moi, j'avoue, c'est moi. Ils l'ont plaqué contre le mur, menotté, embarqué. La jeune pakistanaise était déjà bien loin...Après avoir visionné les vidéos de la caméra de surveillance, les policiers ont

d'abord cru qu'il était complice. Il affirma qu'il ne la connaissait pas, qu'il l'avait trouvée trop jolie pour aller en prison.
—Et tu y serais allé à sa place, imbécile ?
—Oui, j'y serais allé à sa place.
Ils ont fini par le croire et à le considérer comme un demeuré profond. Ils appelèrent son père pour qu'il vienne le récupérer.
—Vous devriez le surveiller, Monsieur. Il va lui arriver des bricoles à s'accuser comme ça. Il est pas un peu …un peu…
—Un peu quoi ?
—Un peu simplet quoi ! Un peu débile. A surveiller sérieusement.
—On pourrait aussi dire qu'il est chevaleresque, noble, courageux, galant… c'est beau non de se sacrifier pour une fille ?
—Moi je dis ça pour vous et pour lui.
—Bin, il est pas débile, voilà tout ! C'est pas lui qui a fait le coup. On le relâche. Tout va bien !
Dehors, Antoine, les yeux brillants, interrogea son père :

—Tu le pensais vraiment ce que tu as dit au flic : chevaleresque, courageux, noble ?
—Penses-tu ? J'ai dit ça pour lui clouer le bec, c'est tout.
—Ah bon ! Pourtant tu avais l'air d'y croire.
—Alors, ça doit être un peu vrai... mais juste un peu. Parce que c'est quand même aussi très inconséquent ce que tu as fait, mon petit.
Il lui passa la main dans les cheveux et lui ébouriffa. Antoine pensa alors que ce père était bien surprenant, tempêtant pour des broutilles et très cool pour des choses objectivement bien plus graves. Il découvrit plus tard que s'il était très tolérant concernant certains méfaits, c'était parce qu'il avait lui-même commis des méfaits de même nature. Le policier qui l'interrogeait suite à l'arrestation sur le squat ne devait quant à lui pas avoir souvent flirté avec l'illégalité car son niveau de tolérance paraissait bien faible.
— J'ai une autre affaire dans laquelle monsieur s'est illustré : 12 juillet 1988,

l'année dernière. Retour d'Amsterdam : trafic de cannabis.
—J'ai pas été poursuivi non plus !
—Oui, on a été beaucoup trop indulgent. Alors ne dis pas : « j'ai jamais rien fait de mal », dis plutôt : « je n'ai jamais payé pour ce que j'ai fait de mal ». Compris ?
Il comprit qu'il devait s'écraser.
—Oui, Monsieur, compris.
—Alors ici, on a du deal d'ecstasy...
—Je touche jamais à ça, Monsieur. Vraiment, j'en ai jamais pris. C'est de la merde, ça abîme trop...
—Je te demande pas si tu en consommes. Ça, tu vois, je m'en contrefiche. Moi, je pense que tu te fais du blé avec...
—Non, je vous jure que non !
—Comment tu gagnes ta vie ?
—Je fais des films. Un peu animateur à la ville de Montreuil aussi. Et puis, mon père, de temps en temps, il m'aide.
—Tu connais Mounir Bouceita ?
—Non, je ne sais pas qui c'est.
—Et Thomas Hervieu ?
—Non.

—Tu vis dans ce squat et tu connais personne. Tu veux me faire croire ça ?
—Je connais quelques personnes. Moi, je suis juste de passage. J'habite aux Cascades. Là je suis juste venu pour un court métrage sur le Hip Hop...
—C'est bon. Et ce sac, il est à toi ?
Il avait posé un sac à dos rouge sur la table.
—Non, c'est pas le mien. Moi, j'ai un sac de sport noir et blanc...
—Et tu as quoi dans ton sac ?
—Une caméra, un petit matériel pour le son, quelques habits, un carnet, de quoi écrire et mes affaires de toilette.
—Ramène-moi ce sac Bertrand ! Il doit être dans le lot, lança l'inspecteur à son collègue.
—Y a pas de drogue dans mon sac !
—Je t'ai rien demandé, là !
Antoine se dit que ce mec devait éprouver un plaisir sadique à l'effrayer. Il s'efforça donc de paraître le plus décontracté possible.
—On t'a fouillé ?
—Vous allez quand même pas m'humilier comme ça en plus. Qu'est-

ce que vous voulez que je cache sur moi ?
—On n'a pas regardé. C'est pas normal, on va y remédier !
—Je planque rien, je vous ai dit !
—Alors tu n'as pas à baliser. Tiens voilà ton sac !
Bertrand avait posé le sac par terre, au pied du garçon.
—C'est le tien ?
—Oui.
Les deux policiers sortirent de la pièce, laissant Antoine seul. Il se tenait prêt à protester avec véhémence si on lui demandait de se déshabiller. Ils l'abandonnèrent à son triste sort pendant près d'une heure. Quand il réapparurent, ils affichaient une mine réjouie et ne semblaient plus lui accorder aucun intérêt. Ils eurent même l'air surpris de le trouver encore là.
—Tu sais que squatter, c'est irrégulier.
—Oui mais c'est toléré.
—C'est irrégulier !
—D'accord, je vais retourner vivre chez papa, ça vous va ?
—Dégage ! Plus vite que ça !

-31-

De retour aux Cascades, une mauvaise surprise l'attendait. Quand il arriva dans ses anciens quartiers, il découvrit qu'il n'y avait plus de place pour lui. En trois semaines, l'ambiance avait radicalement changé dans son bâtiment. Les gens s'engueulaient dans tous les coins. Certes, il y avait toujours eu des bagarres et des conflits, parfois violents, pouvaient éclater pour des désaccords sur des sujets des plus anodins tels que la non-participation d'un squatter au dernier concert de *The Brigades* [15] mais on s'accommodait de ces disputes et personne ne se trouvait exclu ou stigmatisé. Antoine constata que tel n'était plus le cas. L'esprit libertaire qui y régnait jusqu'alors avait cédé la place à une forme de terreur dont il ressentit les effets sur lui. L'hostilité à son endroit était palpable. Il comprit rapidement qu'un petit groupe avait

---

[15] *The Brigades est un groupe de punk rock français, actif entre 1982 et 1989*

pris le pouvoir et il eut à affronter le plus radical de ses membres, un grand russe au look total : crête colorée, piercings multiples, bracelets à clous et rat sur l'épaule :
—Il y a plus de place !
—J'en prends pas beaucoup, moi.
—Tu te casses ! On n'a pas besoin de toi ici.
—C'est pas juste. Je suis là depuis plus d'un an...
—Tu apportes quoi ici ? Avec ta petite caméra. Tu te crois artiste ? T'es qu'un traître, mec ! Tu t'es fait du pognon avec tes films...
—Je l'ai partagé !
—Arrête ça ! Tu t'es acheté du matos, comme un sale petit bourgeois ! Tu es bien sage, bien gentil ! Petit fils à papa ! Et là, t'es allé à Saint-Denis pour filmer des rappeurs... Tu fais des trucs à la mode ! Tu te fous de notre gueule, oui ! Sale traître !
—T'énerve pas ! Je fais pas d'embrouilles, moi. Pourquoi tu m'agresses ? T'es un cliché mec ! Etre punk, c'est pas un vêtement, c'est dans la tête.

—Tu me cherches, petite merde ! Tu veux la castagne ?

—Non, je suis non-violent, moi.

—Arrête tu vas me faire gerber ! Et tu te crois punk toi ? T'as vraiment rien à faire avec nous ! Casse-toi ou je te défonce !

—Tu as pourri notre lieu. On était des artistes. Chacun son style. On n'imposait rien. C'était la liberté totale pour tous. Tu vois : la liberté ! Toi tu as instauré la dictature. J'ai vraiment plus rien à faire ici.

—Tu m'insultes, pauvre enculé ! Tu vas pas t'en tirer comme ça !

Le russe lui décocha un grand coup de poing au visage. Ensuite, il arracha le sac d'Antoine et en sortit sa caméra qu'il piétina avec rage, jusqu'à la réduire en petits morceaux. Enfin, il descendit la fermeture de sa braguette et exhibant son sexe, il pissa copieusement sur le sac ouvert de sa victime. Antoine se releva, il laissa son sac souillé sur place et après avoir craché au visage de son agresseur, il trouva la force de gueuler :

—C'est devenu un repaire de fachos, ici ! Bon courage à ceux du début et mort aux cons !
Il prit ses jambes à son cou et détala à toute vitesse pour éviter de nouvelles représailles. De l'étage, il vit dégringoler sur le trottoir son ballot et ses affaires qui s'éparpillèrent. Il put sauver ses films et quelques effets personnels qu'il planquerait dans une consigne avant de les rapporter chez son père. En tout cas, il ne retournerait pas habiter dans l'appartement paternel. Il allait entreprendre une immersion totale dans le milieu de la cloche, avec les vrais clodos – pas ces pseudos artistes qui se prétendaient libres de toute contingence matérielle mais remplissaient l'espace vidé des possessions sensibles avec leur énorme égo de prétentieux suffisants. Lui, Antoine, il partagerait les conditions de vie de ceux qui n'ont vraiment rien. Il les connaissait déjà bien les Jojo, Francis, Moussa, Robert, Isabella…Il avait souvent fraternisé avec eux.
—T'as pas cinq balles ?

Il leur avait parfois filé ses maigres surplus. Ils l'aimaient bien.

—Tiens je t'offre une médaille miraculeuse, lui avait dit Robert. Elle porte bonheur. Si tu la gardes sur toi, tu trouveras l'amour.

Il portait la médaille, lui qui détestait le fétichisme.

—Regarde Antoine, j'ai trouvé un livre pour toi. C'est fort. Je comprends même pas le titre : *Prolégomènes à toute métaphysique future qui aura le droit de se présenter comme science*.[16] C'est fort ! C'est pour les grosses têtes comme toi.

Celui-là, c'était Francis. Il récupérait des vieux bouquins et il essayait de les vendre. Il les promenait dans une charrette, tentant vainement d'appâter le chaland.

—Dis Toinou, je suis moche, hein ? Je suis abîmée ? Sois honnête avec moi.

—Isabella, tu es belle ! Je t'assure. Moi, je te trouve magnifique.

---

[16] *Prolégomènes à toute métaphysique future qui aura le droit de se présenter comme science : Ouvrage du philosophe Emmanuel Kant - 1783*

—Tu baiserais avec moi ?
—Mais bien sûr. Quand tu veux !
—C'est vrai ? Tu me trouves séduisante, malgré mes guenilles et mon visage bouffi.
—Arrête ! Tu es une déesse. Tu me fais bander comme un bouc.
—Tu dis ça pour me faire plaisir.
—Non, je te jure ! Sur la tête de ma mère.
—Tu me fais plaisir. Je t'aime trop.
—Tu me fais signe quand t'es prête.
Il faisait déjà partie de leur famille si bien que quand il vint poser son baluchon, dans la station RER de Nation, à côté d'eux, ils ne s'en étonnèrent pas.
—Ch'suis content que tu sois là, avec nous, avait déclaré Jojo. Ici c'est un peu la loi de la jungle, c'est dur. Toi, t'es un drôle de bonhomme. On dirait que t'aimes tout le monde. T'es un genre de Jésus, tu transportes l'amour et la paix. Enfin, ch'crois.
—Je crois pas être un genre de Jésus mais oui, je vous aime bien, les gars.
Il se demandait quand même s'il arriverait à s'habituer à la puanteur...

-32-

Il faisait un froid de canard. Bert et Antoine déambulaient dans les rues de Montreuil, pour ne pas geler sur place.
—J'en ai ma claque ! Je suis rincé. Les gens, y donnent plus. Tu t'es fait du fric, toi, Toinou ?
—Moi, j'ai pas cherché aujourd'hui. J'ai écrit.
—Oh lala ! C'est pas avec ça qu'on va se payer une bonne bouteille... T'as écrit quoi ?
—Un poème. Tu veux que je te le lise ?
—J'suis pas un intello, moi. J'y entrave rien à la poésie.
—La poésie, c'est pas pour les intellos. C'est simple, c'est pour tout le monde.
—Vas-y alors. Dis-la moi ta poésie.
— *Perdu ! C'est le titre.*
Perdu,
Comme le sang de l'enfant à la jambe arrachée,
Comme la vie de la fille au désir étouffé,
Comme mon corps tout entier au combat engagé,

Comme l'amour que tu gardes en ton cœur enfermé,
Comme les coups, en prison, sur le mort, sur le vif,
Comme les balles déchargées sur le gosse fugitif,
Comme le cri que je hurle au pays des captifs,
Comme les rêves que tu tais, que tu fuis, si passif,
Je crois au jour gagné d'amour, gagné de vie,
Où rien d'humain ne se perdra, ni fleur, ni fruit.

Ils passaient devant une décharge sauvage, au milieu de laquelle jouaient deux petits roms.

—Si j'avais ma caméra, j'aurais filmé Isabella et toi marchant, tête baissée, traînant le pas devant cette décharge. Puis j'aurais fait un long plan sur les ordures et au final, j'aurais fixé les gamins. En voix off, j'aurais lu mon texte.

—T'es trop bizarre toi. Il est vachement triste ton texte et ton film aussi !

—Pour les deux, tu n'as pas entendu la fin.

—Putain, j'ai trop soif, j'ai trop froid ! J'ai envie de gueuler. J'ai envie de crever. Je retourne dans le métro.

—Attends, tu veux pas qu'on aille se rincer la dalle ? Je t'offre une bière.

—T'as pas un radis. Tu veux aller pinter sans payer ? Moi, je veux pas d'ennuis…

—T'inquiète ! Viens !

Ils entrèrent au *Perroquet vert*. Antoine connaissait le patron.

—Salut, mec ! Tu nous sers deux bières ?

—Tu as de quoi payer ?

—Non.

—Alors, tu sors ! Je peux pas me permettre.

—Allez, vas-y ! Si je te balaie le café, que je te fais le grand ménage à la fermeture, ça vaut bien deux bières ?

—Tu fais chier, Antoine. C'est pas un boui-boui, ici. Vous allez faire fuir le client. Mettez-vous dans le fond, il schlingue, ton copain !

—Moi aussi, je pue, c'est le parfum « métro-poubelles-crasse du mois ».

Ils prirent place dans le recoin le plus isolé du troquet.

—A ta santé, mon Bébert !
—A la tienne, Toinou !
— Ça fait du bien, une bonne mousse ! C'est le panard.
—Boire une bonne bière et mourir.

-33-

Quelques jours plus tard, en début de soirée, alors qu'il s'était réfugié avec Jojo et Moussa dans la station de RER de Nation, fuyant le froid glacial de ce mois de janvier, Antoine vit apparaître, au milieu de la foule, une silhouette bien connue.
— Oh non! Pas lui!
— Qui ça?
— Mon daron. Il vient faire son cirque. Restez là. Je vais lui causer.
Il alla à la rencontre du vieux, sur le quai.
— Antoine, tu arrêtes ça. Tu l'as eu ton expérience extrême. Maintenant rentre avec moi.
— Ok Jean, on va aller discuter dans un bar. Ce sera plus tranquille.
— Je veux rester ici. Si tu rentres pas à la maison, je reste là aussi.
— Voilà autre chose! Tu dis n'importe quoi papa. L'amour t'aveugle. Tu peux pas coucher dans le métro et aller travailler demain.
— Tu te fous en l'air, mon garçon. Je peux pas te laisser faire ça.

— Ecoute-moi, papa : je vais très bien, je suis heureux, je ne manque de rien. Bientôt, je prendrai un studio, je recommencerai à filmer, à gagner de l'argent mais j'ai besoin de finir ce dans quoi je me suis engagé. Tout va bien. Si j'avais un problème, je sais où te trouver, tu n'es pas loin.
— J'ai peur pour toi.
— Je te l'ai dit : tout va bien.
— Tu risques sans arrêt de te faire agresser.
— Papa, c'est pas comme si j'étais reporter de guerre...
— Et si tu refaisais une crise d'épilepsie, tu crois qu'ils s'occuperaient de toi ?
— J'ai rien eu depuis plus de dix ans. Il semblerait que je sois définitivement guéri. Quant à ceux qui sont avec moi, ne les juge pas, ils sont ni plus ni moins humains que les autres.
— Viens à la maison de temps en temps.
— Oui d'accord, ça, je te le promets.
— Tu l'avais déjà promis la dernière fois. Tu avais aussi dit que tu arrêterais bientôt.

— Bientôt c'est pas la semaine prochaine.

— C'est quand?

— Dis p'pa, tu veux me faire plaisir? Invite-moi avec mes deux potes là au restaurant. Dans une gargotte, un petit routier, ça ira. On a un peu faim et un peu froid.

Il les emmena au restaurant. Jojo et Moussa dirent tout le bien qu'ils pensaient du petit gars si bon qui les avaient rejoints dans leur galère. Ils racontèrent leur histoire. Moussa ce grand sénégalais taillé comme en roc, venu étudier et faire fortune en France n'osait plus repartir : au pays, ils le croyaient homme d'affaires et lui était clochard. Jojo avait vécu tragédie sur tragédie : son père avait assassiné sa mère -drame passionnel- et lui avait été placé. Pourtant il s'en était plutôt bien sorti. Il avait exercé tous les boulots et fondé une famille. Hélas, sa femme et ses trois enfants étaient morts dans l'incendie de leur appartement. Il avait réussi à ne pas céder au désespoir en s'appuyant sur sa foi en Dieu. Pourtant quand il eut un accident de travail et perdit l'usage de son bras gauche, il n'eut pas la force de se battre contre son licenciement illégal. Il se laissa alors dériver tout en croyant fermement que Jésus était à ses côtés, dans la panade. Un jour il se relèverait. Quand il les quitta, Jean les embrassa tous les trois, il leur donna à chacun cinquante francs et fit jurer aux deux autres de forcer son fils à recommencer à travailler d'ici un mois. Ils jurèrent et dirent à Jean qu'il était un saint homme et qu'ils comprenaient d'où venait la bonté de Toinou.

-34-

S'il avait choisi de se poser à Nation plutôt qu'à la Croix de Chavaux, c'était pour éviter de croiser trop de gens qui le connaissaient et en particulier ses vieux amis et son paternel. Il n'avait cependant pas été difficile à Jean de le retrouver. La première fois qu'il vit Antoine en son état de sans-abri, la rencontre fut particulièrement houleuse. Elle se déroula sur le mode : « je ne t'ai pas élevé pour ça, je n'ai pas fait tant de sacrifices pour que tu tombes dans une telle déchéance ! ». Le jeune homme ne parvint pas à calmer son vieux. La conversation tourna court, ils se quittèrent fâchés et tristes. La fois suivante, Isabella était présente. Elle avait descendu un grand nombre de lampées de vodka et quand elle comprit que ce bourgeois aux allures de vieil ours voulait lui prendre son Toinou, elle se mit à vociférer :
—T'as pas le droit de faire ça ! Toinou, il est à moi, c'est mon mec à moi ! Va-t-en ! Il partira pas, Toinou, il partira pas. Moi j'suis maquée avec…

Antoine réussit à entraîner son père hors du métro et hors des hurlements de la trimarde éplorée. Il lui expliqua sa démarche :
—Je veux vivre en profondeur leur condition pour pouvoir porter le poids de leurs souffrances dans tout ce que j'accomplirai, que ce soit des œuvres d'art ou des actions politiques ou même tout simplement des relations sociales. Vivre SDF parmi les SDF, ça te déshabille de tout ton orgueil. C'est un passage, papa. Tu verras, ce sera une richesse de plus pour moi. Je comprends que tu désapprouves mais dis-toi que ce n'est pas définitif, je reviendrai après, je reviendrai avec dans le cœur plein de choses en plus.
Ils avaient pu se parler et s'écouter. Fondamentalement, à chaque fois qu'il se heurtait à l'incompréhension d'un proche, cela constituait une épreuve pour Antoine. Il avait grande peine à affronter ce type d'échanges en plus de toutes les difficultés et désagréments de la condition qu'il avait choisi d'épouser pour le moment. Il préférait fuir ceux qui l'aimaient, il se

réconcilierait après. Seul Fabien l'approuvait. Le petit-frère avait fêté ses vingt ans, il suivait des études d'ingénieur et s'apprêtait à partir en stage en Allemagne mais il soutenait son frère et plaidait sa cause auprès de Jean.

—Il a du cran, Toinou. Il va toujours au bout de ses idées. Moi, je trouve que c'est courageux. Je te le dis comme je le pense : je suis fier de lui !

Antoine se cachait de Thierry, Nadine, Ayda, ses anciens copains de SFM, et tous ceux qui cherchaient à rendre la vie des gens plus douce mais pas à plonger avec eux dans la merde.

Après le repas au restaurant, Antoine tint la promesse qu'il avait faite à son père et lui rendit visite une fois par mois. Il en profitait pour prendre une douche, un bon repas et des habits propres. Il culpabilisait de jouir de ce privilège interdit à ses compagnons mais il devait bien ça à Jean. Son père essayait d'en gagner un peu plus, de le convaincre de revoir ses vieux amis.

—Tu devrais au moins aller voir Thierry, il est désespéré de ne plus

avoir de nouvelles. Moi j'essaie de le rassurer. Tu ne leur donnes aucun signe de vie...
—Bin toi, tu leur en donnes. Donc tout est bien. Je préfère pas parler de Thierry, ni de mes amis. Pour mener mon expérience jusqu'au bout, il ne me faut pas d'attachement, je dois être libre, totalement libre. C'est déjà bien difficile avec toi mais je fais un effort parce que je ne veux pas que tu meures. Pour les autres, on les occulte pour le moment. Je suis désolé si ça te choque : je ne veux pas savoir ce qu'ils font.
—Franchement oui, je trouve que c'est choquant.
—Il va bien Thierry ?
—Oui, il...
—Ok, s'il va bien, c'est le principal. Tiens, tu as refait le papier peint de ta chambre ? Pas mal, c'est beaucoup plus lumineux, je trouve...
Au bout d'un an, Antoine considéra qu'il pouvait arrêter. Il n'abandonnerait pas ses amis d'infortune. Il avait réfléchi à leur avenir, à chacun d'entre eux. Pour Moussa, il avait trouvé un

squat de migrants pour l'accueillir. Jojo et Robert aidés par SFM, les assistantes sociales et la mairie avaient vu leur situation administrative clarifiée et co-logeraient dans un petit F2 en HLM tout en s'essayant à un retour progressif au monde du travail via un contrat emploi solidarité à la ville. Les autres ne voulaient pas quitter la rue. Il aurait voulu protéger Isabella pour laquelle il avait une sincère tendresse mais elle perdait de plus en plus la tête. Ils eurent le plus grand mal à l'empêcher de se mettre à poil sur le quai, un soir où elle était en crise. Elle était régulièrement violée quand ils la laissaient seule. Tant de violence avait fini par avoir raison du reste de sa raison. Un soir, elle fut embarquée, se débattant, poussant des cris déchirants à vous fendre l'âme, dans une ambulance qui devait l'emmener à l'hôpital. Antoine chercha à avoir de ses nouvelles, en vain. Bien plus tard, il apprit qu'elle avait été, un matin, *un incident grave de voyageur* sur la voie du métro ligne 8, à la station Filles du calvaire. Francis rejoignit Emmaüs, quelques temps mais ça ne dura pas.

Antoine avait vécu hors du monde et hors du temps. Quand il reprit contact avec le monde et le temps, il choisit naturellement de commencer par son cher Thierry. Ce samedi matin, son ami était seul à la maison, Nadine était sortie. Lorsqu'il vit revenir à lui celui qu'il croyait perdu, il l'accueillit avec une joie indicible, un bonheur sincère. Son émotion était si vive que les larmes inondaient son visage. Passé ce moment où les sentiments s'exprimèrent sans retenue, Thierry se mit à tancer le vagabond :

—Tu perds tes cheveux, tu perds tes dents, tu as au moins perdu dix kilos. Merde, réagis ! Tu étais le plus beau mec que j'ai jamais connu et maintenant tu te dégrades complètement. Tu crois que tu aides les gens ? Non ! Tu te déglingues avec eux ! Ça me débecte ! Qu'est-ce que tu fais de tes journées ? Reviens, Antoine !

Il débitait ses reproches, sans attendre de réponse. Il savait comment vivait son ami depuis un an, il avait extorqué le moindre détail à Jean qui ne lui avait toutefois jamais donné la moindre information sur les lieux où trouver Antoine. Thierry avait alors exprimé le projet de ratisser tout Paris à la recherche de son pote. Jean l'en avait fermement dissuadé.

— Depuis qu'Emmanuelle est partie, je suis sûr que t'as même plus de meuf !

—Au contraire, une par jour, c'est mon régime.

—Quel con ! En plus tu dois même pas avoir de quoi t'acheter des capotes, tu vas pécho le sida, comme rien.

—Allez papa, arrête ton char ! Je suis pas irresponsable, non plus !

—Tu n'es même pas venu voir notre bébé, mon petit Thibault.

Il prit une photo qu'il tendit, tout fier et tout sourire, à Antoine.

—Tu as un gosse ! Ouhaou, il est adorable. C'est trop fort.

—Nadine est avec lui, chez sa sœur, cet après-midi.

—Il est magnifique, ton petit. T'es sûr que c'est toi le père ?

L'autre lui fila un coup de poing de réprobation amicale.

—Il est né, il y a quatre mois et depuis tout ce temps, tu n'as pas encore fait sa connaissance.

—Bien sûr que je veux le voir. Il n'est pas trop tard pour lui souhaiter la bienvenue. Je suis super content pour toi.

—Comme tu es là, tu vas lui faire peur. Il faut que tu te refasses une beauté pour être présentable au petit prince.

Il utilisa la salle de bain de Thierry et s'employa à se redonner une apparence de gentil citadin propret pour satisfaire son copain.

—Tu peux me couper les cheveux, mon poteau ?

—Assis, ça va pas être commode.

—Mais si, regarde ! Je me mets comme ça à genoux devant toi et voilà ! Tu fais au plus simple, tu retires dix centimètres tout autour et ça ira.

Ils furent pris d'un fou-rire interminable qui faillit saboter complètement la coupe de cheveux. Heureusement, Thierry garda la maîtrise de l'opération.

—Tu aurais pu donner de tes nouvelles quand même, même par lettre. J'étais obligé de passer chez ton père pour m'assurer que tu n'étais pas mort. Tu te rends compte ?

Antoine retourna à la salle de bain pour finir son relooking. Il ressortit et prit la pose.

—Voilà ! Je suis re-beau ?

—Nan ! T'es trop maigre. Et puis, il faut qu'on t'achète des habits.

—C'est vraiment indispensable ?

—Oui ! Pas de discussion. C'est moi le chef. En même temps, on va acheter de quoi faire un gueuleton d'enfer. Tu vas nous préparer tes meilleures recettes. Et puis tu mangeras à t'en faire péter la panse pour te remplumer. Et moi aussi, juste pour le plaisir.

Ils firent leurs emplettes à la Croix de Chavaux, il cuisina et ils se régalèrent. Nadine les trouva, un peu éméchés, écoutant les dernières découvertes musicales de Thierry. Antoine eut le droit de prendre Thibault dans ses bras. Le petit gazouillait, manifestement séduit par le bougre. En fin de soirée, Antoine leur annonça qu'il cherchait un appartement.

-35-

Comme pour compenser son inactivité prolongée ou pour prouver au monde ce dont il était capable, Antoine travaillait d'arrache-pied, acceptant tout ce qu'on lui proposait : livreur de pizza, homme de ménage, agent de sécurité, caissier... Il bossait le soir ou la nuit pour pouvoir filmer de jour, il bossait de jour pour pouvoir filmer la nuit. Jean l'hébergeait, en attendant qu'il se trouve un appartement. Cette cohabitation convenait à tous deux, dépannant l'un et évitant à l'autre de se retrouver à nouveau seul, Fabien ayant décroché un emploi à Berlin suite à son stage effectué là-bas. Jean traversait un désert sentimental qui avait un impact négatif sur son moral – Suis-je devenu vieux ? Puis-je encore plaire ? – et il n'y avait donc pas de femme à la maison.
—Tu te laisses aller, papa. Si j'avais un tout petit peu de temps à moi, je te sortirais. Si tu voyais ta tête. Sûr que tu peux pas plaire aux filles avec une face de rat crevé pareille !

—Tu peux parler, toi, après ce que tu nous as fait ces dernières années...
—Moi, j'avais choisi. Toi tu subis.
—Laisse tomber, Toinou. Je vais bien, je n'ai pas à me plaindre. J'ai deux fils aux petits soins, je viens de rendre mon tablier et je suis en bonne santé...
Antoine simula une toux en signe de non-duplicité.
—Tu as vu un cardiologue et tu as un traitement efficace. Super ! Tu ne pouvais pas me faire plus grand plaisir.
—Je vais beaucoup mieux de ce côté-là. D'ailleurs, depuis que tu es revenu, je n'ai plus aucune raison de stresser et donc je n'ai plus aucun malaise. Le stress y est pour beaucoup dans mes problèmes.
—Tu es adorable, papa. Tu es juste en train de dire que c'était à cause de moi que tu étais malade.
—Mais non, pas du tout.
—Bin si, quand même. Je suis d'accord sur le fait que le stress ait un effet néfaste sur les maladies mais, franchement, toi, tu as toujours stressé pour tout, papa.

— Je m'angoisse à chaque fois que j'ai peur de perdre ce que j'ai de plus cher… et ce n'est pas ma vie.

—*Trouve ce que tu aimes et laisse-le te tuer.* Charles Bukowski.

Jean avait pris sa retraite depuis un mois. Les dernières années de travail lui avaient pesé mais le passage en retraite n'avait pour autant pas été une sinécure. Distraction au sens pascalien, le travail le détournait de ses peurs. Privé des délicieux et futiles tourments professionnels, il pouvait se concentrer sur les vraies questions : quel avenir pour Antoine ? Pierrot va-t-il tenir encore longtemps avec ce cancer qui le ronge ? Mes parents sont morts. Ai-je été pour eux un bon fils ? Est-ce que mon cœur va me lâcher, à même pas soixante ans ? Sur les conseils d'Antoine, il reprit la natation – comme quand les garçons étaient petits -, il donna des cours particuliers de mathématiques et de physiques et rendit régulièrement visite à ses amis. Peu à peu, lui revint le goût à la vie.

—J'ai de la chance d'avoir un gars comme toi, pour me donner de bons conseils.
—Chacun son tour, c'est dans l'ordre des choses. Tu vois que ton fils n'est pas autant à côté de la plaque que tu pourrais le croire.
—Jamais je n'ai cru cela, Antoine. J'ai toujours eu confiance en toi. Tu es trop passionné mais tes passions sont justes et belles. Ce n'est pas de toi que je doutais mais des autres. Je les sais capables de te faire du mal, d'être cruels, de te briser.
—Tu vois, je tiens le coup. Occupe-toi de toi. Il est vraiment temps de penser à toi.
—Mais tu ne t'épuises pas trop là, à travailler comme un dingue ?
—C'est pour tout ce temps que j'ai passé à rien faire. Il y en a qui travaillent huit heures par jour pendant quarante ans. Moi, je travaille quarante heures par jour pendant huit ans.

-36-

Son père requinqué, Antoine s'installa dans un studio, à la cité de l'Amitié, dans le quartier Branly – Boissière de Montreuil. Il avait amassé une coquette somme qui lui permettait d'assurer la caution et quelques mois de loyer. Il put relâcher l'intensité de son activité et se consacrer à ses passions – les films et les gens – plus entièrement. Il se lia rapidement avec ses voisins d'immeuble et notamment ceux de la communauté malienne qui l'invitaient régulièrement à partager le mafé. Ainsi fit-il la connaissance de Maïmouna. La jeune fille était arrivée en France depuis peu, pour rejoindre ses grands frères. Elle n'avait pas de papiers.
—Tu peux la marier, toi, Antoine.
—Moi, me marier !
—Oui, c'est une proposition sérieuse. Elle est jolie, Maïmouna, c'est la plus belle fille de l'immeuble…
—Tu veux dire : de tout Montreuil ! l'interrompit Makan, un autre grand frère.

—Franchement, oui, ma sœur, c'est la plus belle de tout Montreuil. C'est bien pour toi. Vous vous mariez juste pour les papiers. Après quelques années, si vous vous plaisez pas, vous vous divorcez.

En vérité, Maïmouna lui plaisait. Elle était très jeune, à peine vingt ans mais elle se montrait vive, volontaire, elle avait son franc parler. Antoine était fasciné par son absence de timidité, au milieu de tous ces hommes. Elle paraissait terriblement forte. Surtout, il la désirait. Il avait follement envie de se presser contre son cœur, de goûter sa peau, de boire à elle, de l'explorer, de la prendre. Elle recherchait sa compagnie mais maintenait toujours une certaine distance. A chaque fois qu'ils se voyaient, ils étaient entourés d'au moins cinq ou six personnes. Jamais ils ne pourraient tester leur compatibilité sexuelle...

S'ils se mariaient, au moins, il pourrait coucher avec elle. Et puis, si ça pouvait rendre service. Elle ne voulait pas retourner au pays, elle fuyait la misère. Elle rêvait aussi de s'affranchir des chaînes de la tradition, elle se voyait entrepreneuse et projetait de monter un commerce de vêtements. Quand elle parlait de liberté, ses yeux brillaient. Ces lumières-là faisaient fondre Antoine. Il l'épousa. On organisa le grand mariage traditionnel Soninké. Il fallait que le mariage n'ait pas l'air arrangé.

Antoine envisagea que ce mariage pourrait se transformer en véritable mariage. Il n'eut pas de mal à tomber amoureux pour de bon. Son père n'osa pas le mettre en garde. Seul Thierry tenta :

—Tu es sûr qu'elle ne fait pas ça que pour les papiers ?

—Qu'importe, Thierry !

—Si tu le dis. Tu ne vas pas être déçu et malheureux ?

—Non, non, t'inquiète pas ! Je n'ai pas d'illusions. Je vis l'instant dans tout ce qu'il a de bon.

—C'est bien ça, l'illusion.

—Va te faire foutre Thierry ! On ne sait jamais comment vont évoluer les choses. Je sais que demain, quand Maïmouna aura ses papiers, elle peut

me jeter mais elle peut aussi rester avec moi, si on est bien ensemble. En tout cas, aujourd'hui ce mariage, il fait plaisir à tout le monde. Elle, pour les papiers mais peut-être aussi parce que l'opération se fait avec un garçon qu'elle trouve beau et gentil. Moi, parce que je trouve cette fille à la fois flamboyante, envoûtante et que j'aime sa compagnie. Ses frères qui vont pouvoir la garder auprès d'eux, arrachée à la vie de souffrances qu'elle avait là-bas. Je la vois comme un magnifique papillon qui va prendre son envol, qui va déployer ses ailes et ses talents, qui va conquérir le monde. Et moi je vais aider à ça.
— Pense à construire ta vie, Toinou !
—Ma vie, c'est justement ça : aider les papillons à s'envoler en y trouvant moi-même un intense plaisir.

-37-

—Un mariage pareil, il ne peut que durer.
—Puisse Dieu vous entendre ! répondit Jean au vieil homme qui lui adressait cette remarque.
—Vous êtes le papa du garçon ?
—Oui, c'est moi le papa d'Antoine.
—Ils sont beaux tous les deux, n'est-ce pas ?
Ce fut effectivement une fête de mariage réussie : plus de cent personnes réunies, un grand soleil, et la joie qui débordait des cœurs. Jamais on n'aurait pu imaginer que ce mariage était blanc.
—La couleur, ça compte pas, ce qui compte, c'est le cœur.
On ne savait dire si Makan évoquait les gens ou le mariage. Beaucoup de maliens participaient à la noce mais les proches d'Antoine étaient également présents. Outre son père, Fabien et sa compagne avaient fait le voyage depuis Berlin pour être là, étaient venus aussi Thierry et Nadine, Ayda et Atef, son

mari, musulman et tunisien, Jojo et quelques autres amis.
La nuit venue, Antoine et Maïmouna gagnèrent l'appartement du marié. Il l'attira à lui, sur le lit et commença à la déshabiller en l'embrassant.
—Antoine, je ne peux pas...
—Comment ça ? Tu ne veux pas ?
—Tu sais bien, on se marie mais on reste copain.
—J'ai envie de toi, Mamou. Vraiment. Tu ne ressens rien pour moi ? Tu n'as pas un peu de désir ?
—Si, je...
Elle restait bloquée, comme pétrifiée.
—Tu n'as pas envie de moi ? reprit Antoine en posant de nouveau ses lèvres sur le cou de son épouse.
—Si, Antoine. En vrai, tu me plais beaucoup mais... mais j'ai ... on m'a ... j'ai subi une opération... une mutilation quand j'étais petite fille. Je ressens rien, je veux dire, pas de plaisir. Mais, tu peux me faire l'amour si toi, tu en as envie. Au fond, tu y as droit.
—Ma chérie, ne dis pas une chose pareille, je ne ferai rien que tu ne désires pas. Je ne jouirai pas si toi, tu

ne jouis pas. Le plaisir c'est à deux. On va se faire un câlin et je crois que tu auras du plaisir.

Il la couvrit de baisers, il lui mordilla les seins, il la caressa doucement, il caressa tout son corps, puis il s'arrêta autour de son sexe, il y passa la langue, lécha ses cuisses et ses fesses puis il revint à ses lèvres mutilées. Il frotta son ventre sur le sien. Il sentait le corps de Maïmouna frémir.

—Si tu veux, je te prends par derrière.
—Entre les fesses ?
—Oui, si tu préfères…
—Non, c'est péché. Fais comme si je n'avais rien de spécial.
—Mais tu es entièrement spéciale. Ta bouche est spécialement dessinée pour les meilleurs baisers, tes seins sont spécialement sculptés pour procurer la plus grande des voluptés par les mains et les lèvres qui les touchent, ton ventre spécial enflamme le mien, quand à ce petit bijou-là il est tout à fait spécial : spécial par sa douceur, par ses promesses, par l'attraction qu'il exerce sur moi…
—Oui, vas-y !

— Ça te plaît ?
—Oui.
Il réussit à l'amener sur des chemins de délectation, en lui découvrant ses zones érogènes. Elle eut envie de recommencer les jours suivants et à force de tendresse et de fougue, elle prit confiance en son corps, elle devint fière de sa beauté qui enfiévrait les yeux d'Antoine et elle atteint l'orgasme.

Finalement, ils ressemblaient à un couple de jeunes mariés. Jean leur offrit un voyage de noces à Biarritz : ils n'allaient pas prendre le risque de quitter la France. Il fallut plus d'un an à Maïmouna pour obtenir ses papiers français.

-38-

Antoine et Maïmouna n'avaient pas grand-chose en commun. Finalement, c'était au lit que leur couple trouvait sa meilleure harmonie. Il gardait toujours vif son idéal de vie parmi les plus pauvres, elle avait l'esprit d'entreprise, le sens des affaires et de grandes ambitions. Sa force de caractère impressionnait tous ceux qui la côtoyaient. Elle croyait que tous les céfrans étaient pleins aux as. La posture de son mari était totalement inconcevable. Elle savait qu'il se comportait bizarrement avant de l'épouser, elle savait que ceux qui acceptaient de faire des mariages blancs sans contrepartie financière étaient forcément un peu dingue mais cette dinguerie s'avérait insupportable.
—On s'installe à Paris ?
—C'est beaucoup trop cher, Mamou. Et puis, les squats c'est fini, ils expulsent à tour de bras.
—Pas un squat, non ! On va quand même pas aller dans un squat ! Ça va pas ! Moi, je veux un bel appart', dans

une résidence clean, vers Château Rouge.
Il éclata de rire.
— C'est pas vraiment les quartiers chics, ma chérie.
—Là-bas, je pourrai ouvrir une boutique, m'installer, vendre de la mode…
—Pourquoi pas ici ?
—Montreuil, c'est pas bon pour se faire de la tune. Ici les gens, ils ont pas de goût, ils se sapent n'importe comment.
—Bin, justement, tu apporterais un truc nouveau.
—En vrai, tu t'en fous, je crois. On dirait que toi, tu as envie de vivre comme un rat, que tu n'as pas envie de t'en sortir. Tu veux pas être riche, hein ?
—Non, je veux pas.
—Moi, je vais réussir, je te jure.
—Je le crois vraiment. Tu as toutes les qualités pour y arriver. Moi, je préfère rester du côté de ceux qui ratent.
—N'importe quoi !
—C'est pas grave. Si tu me trouves trop minable, n'oublie pas qu'on a prévu de divorcer dès que possible.

—Dommage !
—Oui dommage.
Ils ne parvinrent pas à se rapprocher. Ils vivaient ensemble parce qu'il fallait prouver la vie commune, ils couchaient ensemble parce qu'ils aimaient ça mais ils ne s'engagèrent pas à construire œuvre commune. Antoine continuait à capter l'air du temps, à filmer la grandeur de ceux à qui on ne prêtait pas attention : les roms, les taulards, les internés en hôpital psychiatrique, ceux qui faisaient la queue devant la préfecture pour des papiers, ceux qui faisaient la queue devant l'ANPE pour un job, ceux qui faisaient la queue aux restos du cœur pour avoir de quoi manger, les petits vieux abandonnés ou les gamins livrés à eux-mêmes. Il passait plus de temps, à les apprivoiser, à les regarder, à les aimer qu'à fixer leur image sur la pellicule. Maïmouna, quant à elle, installa un petit atelier de couture dans un local dont elle réussit à négocier un loyer modique et commença à réaliser une collection de tenues africaines du plus grand chic. Ils se voyaient peu et se

parlaient peu. Antoine, même s'il détestait, par-dessus tout, les mondanités, s'astreignait à participer à des projections privées d'autres documentaristes. Il croisait acteurs, scénaristes et nombreux artistes. C'est ainsi qu'il rencontra Marianne. Elle appelait tous les hommes « *mon chéri* » et embrassait tout le monde. Elle avait un côté excentrique qui horripilait Antoine. Elle fumait cigarette sur cigarette et parlait d'une voix rauque. Toujours vêtue de noir, elle savait apparaître plus que paraître. Elle fascinait, elle énervait, elle ne laissait personne indifférent. Comme les autres, Antoine éprouvait pour elle un sentiment d'attraction-répulsion qui le poussait à rechercher sa compagnie et à le regretter honteusement après. Pourquoi la trouvait-il insupportable ? Prétentieuse. Non pas exactement. Péremptoire plutôt. Elle s'exprimait d'une manière qui ne supportait pas la contradiction. Et puis cette théâtralité dans ses manières, pour attirer l'attention. Ils étaient tous à s'agglutiner autour d'elle, comme ensorcelés, subjugués par la pertinence de ses critiques. Pourquoi la trouvait-il irrésistible ? Elle avait un don pour l'émerveillement. Quand une œuvre ou une minute d'une œuvre lui plaisait, elle l'encensait avec un tel enthousiasme que chacun avait envie de se précipiter pour goûter le film ou l'instant du film dont elle venait de parler. La passion qu'elle mettait à transmettre son goût pour un auteur ressemblait à l'empressement d'une mère à nourrir son enfant. Ainsi, le jeune cinéaste se trouvait il terriblement attiré et rêvait de la serrer dans ses bras, de se blottir contre elle. Elle lui accordait une petite attention qu'il trouvait, malgré lui, très gratifiante.

Un soir, il se laissa entrainer à un dîner et il se trouva assis à côté d'elle. Elle parlait de l'expulsion des sans papiers de Saint Bernard, exprimant toute son indignation.

—Comment peut-on encore dire que la France est le pays des droits de l'homme. Ils sont foulés au pied, les droits de l'homme. Quelle fraternité !

Des brutes avec des casques et des boucliers qui se déchainent sur des pauvres gens apeurés, sur des gamins. Je suis écœurée.

—Oui, moi aussi, c'est révoltant.

—D'autant que ces gens fuient les guerres qu'on a provoquées, la misère qu'on a semée. Le Rwanda et son génocide, l'Algérie et son terrorisme, la Palestine et ses populations privées de droits et de liberté, l'Afghanistan livré aux talibans...

Il pensa à Emmanuelle et à l'époque où il militait. Peut-être devrait-il recommencer.

—Vous êtes engagée, Marianne ? Je veux dire : vous faites de la politique ?

Elle éclata de son rire cristallin qui fit lever toutes les têtes.

—Mon chéri, tu ne sais pas : j'ai fait la campagne de Lionel Jospin.

Tout le monde avait l'air au courant. Il ne répondit rien : pour lui, soutenir un homme politique ne constituait pas ce qu'il appelait un engagement.

—Tu as l'air déçu. Tu aurais préféré que je sois une fervente admiratrice d'Arlette[17] ?
—Non, j'aurais préféré que vous me disiez que vous étiez allée vous battre aux côté des Sans Terre[18] au Brésil ou encore que vous hébergiez des sans papiers chez vous. J'aurais préféré que vous utilisiez les tribunes dont vous bénéficiez pour hurler qu'on asphyxie les plus pauvres avec une austérité qui épargne les plus riches. J'aurais aimé que vous soyez en tête des manifestations contre les guerres.
Elle rit de nouveau.
— Tu as raison : je suis une vilaine bourgeoise, bien lâche, jouissant de mon confort et ne fréquentant que des vilains bourgeois lâches comme moi.
—Pas que... puisque vous me fréquentez, moi.

---

[17] *Arlette Laguiller : candidate du parti Lutte Ouvrière à six élections présidentielles, de 1974 à 2007.*
[18] *Mouvement des sans-terre est une organisation populaire brésilienne qui milite pour que les paysans brésiliens ne possédant pas de terre, disposent de terrains pour pouvoir cultiver.*

Le journaliste de *Première* avait déjà réorienté la conversation sur un autre sujet. On parlait de Marie Trintignant, du *Cri de la soie*[19].

---

[19] *Le cri de la soie* : film de Yvon Marciani de 1995 sorti en août 1996, avec Marie Trintignant.

-39-

—Dis papa, tu es certain que tu n'as rien gardé des films de maman ?
—Pourquoi tu me demandes ça ?
—C'est naturel, non ? Je suis dans le cinéma, je sais qu'à un moment donné, ma mère a, elle aussi, fait des films, c'est normal que ça m'intéresse.
—Il me semble que je n'ai rien…
—Tu ne parais pas sûr de toi. J'ai fouillé partout, sauf dans les placards de ta chambre. Tu m'autoriserais à regarder dans tes placards ?
—Toinou, c'est pas vraiment des films que ta mère elle tournait. C'étaient des performances… je ne trouve pas ça terrible que tu la voies là-dedans.
—Je m'en doutais ! Je t'en veux, mon vieux, je t'en veux. Tu exagères. Tu as ses films. Primo, moi ce qui m'intéresse, ce sont les films de la première période, ceux que tu appelles la poésie du quotidien, je pense que cela ressemble à mes travaux à moi. Deuxio, tu me mens depuis des mois que je cherche. Tu savais que tu les avais dans ta chambre et tu m'as laissé

perdre des heures à fouiller ailleurs. Tertio, tu seras toujours un horrible facho, adepte de la censure : « ça, ce n'est pas bon pour mon petit garçon de trente ans, ça va le traumatiser ! ». Tu es incorrigible. Quand j'aurai cinquante ans, tu vas encore me dicter ce qui est bon pour moi et ce qui est mauvais. C'est effroyable. Quoi ? On voit ma mère nue, et alors ? Si c'est de l'art... En plus, je te dis, ce ne sont pas ces films-là que je veux voir.

Jean le laissa accéder au fameux placard. Plusieurs caisses contenaient de vieilles bobines de films qu'Antoine exhuma. Il n'avait pas de quoi les visionner. Il emporta les cartons chez lui et deux jours et deux nuits durant, il s'usa les yeux sur les images que sa mère avait fixées sur la pellicule, un quart de siècle plus tôt. Ces œuvres étaient un chemin vers elle, un moyen de la connaître, de découvrir ce qu'elle aimait, ce qui l'émouvait. En regardant ces vieilles images défiler, il semblait à Antoine qu'il vibrait avec sa mère, qu'il pénétrait dans son intimité, qu'elle lui dévoilait bien plus qu'une mère ne pouvait le faire dans les relations quotidiennes. Pourquoi Jean n'avait-il pas eu l'idée de leur montrer ? Il avait même tenu à leur cacher.

Chaque film racontait une petite histoire.

Des enfants jouaient avec une corde à sauter. Ils chantaient, ils respiraient la grâce et l'innocence. Un garçon et deux filles. Un papillon de nuit égaré en plein jour vint se poser près d'eux. La plus grande des deux filles l'attrapa, ils s'affairèrent tous trois autour de l'insecte : ils arrachèrent d'abord les ailes, puis les pattes et enfin les antennes. A l'aide d'un caillou, ils écrasèrent les restes en riant aux éclats.

Une petite fille toute crasseuse et robe trouée s'avançait dans l'allée boueuse d'un bidonville. Elle regardait fixement la caméra. « Je vais faire la dame ». Elle se mettait alors à rouler des hanches, à lancer des œillades et à faire des moues suggestives. Elle s'enfuyait ensuite sans prévenir.

Des hommes ramassaient les poubelles. Ils étaient jeunes, beaux, musclés. Ils venaient d'Afrique du Nord. Ils couraient derrière le camion. Une vieille dame, toute rabougrie, toute maigre, en total contraste avec ces hommes arrivait avec un cabas qui semblait bien lourd et s'apprêtait à gravir un escalier. L'un des hommes fit signe au camion de s'arrêter, il prit le sac d'une main, offrit son autre bras à la grand-mère et l'amena jusqu'en haut de l'escalier. Ils se saluèrent d'un petit signe.

Un couple se disputait. Ils criaient, s'agitaient. On avait l'impression qu'il allait la frapper. Il tenait une valise qu'elle essayait de lui arracher des mains. Finalement il posait la valise par terre, elle la ramassait et elle partait en se retournant régulièrement pour continuer à l'invectiver. Lui restait sur place, haussant les épaules.

Trois copains étaient attablés dans un café, ils avaient devant eux des petits verres, de ceux dans lesquels on boit les alcools forts. L'un d'eux semblait accablé, découragé. Un autre lui enlaçait l'épaule, il le regardait avec intensité, lui parlait avec affection. Le malheureux prenait une lettre qu'il avait préalablement posée devant lui. Lettre de rupture ? Lettre de licenciement ? Cette lettre était la cause de son tourment. Le troisième homme demanda au serveur de leur reverser un verre et il se redressa pour déclarer solennellement quelque chose qui revigora les deux autres. Ils vidèrent leur verre, cul-sec, puis, se levèrent et sortirent en se soutenant les uns les autres.

Antoine trouvaient ses films magnifiques, l'émotion le submergeait. Il ne pouvait s'arrêter de visionner ces merveilleux bijoux, ciselés avec délicatesse. Comment une femme portant un tel regard d'amour sur ses frères humains avait-elle pu abandonner ses enfants ? Comment avait-elle pu ensuite passer à des œuvres sombres où on la voyait se mutiler ou se couvrir de sang et de boue ?

-40-

Antoine avait réalisé plusieurs documentaires qui obtinrent une petite reconnaissance. On les passait en première partie au cinéma le Méliès.
—Le Méliès, c'est la récompense suprême, disait Thierry.
Il venait de terminer un projet qui lui tenait terriblement à cœur : un film sur les sans abris du métro. Le format était plus long que celui de ses autres réalisations, ce n'était plus tout à fait du court-métrage. Il racontait une histoire. Il avait gardé contact avec Jojo - Robert était parti en province – et il avait beaucoup associé l'ancien clodo au tournage du film. C'est Jojo qui avait choisi le titre : « *tu es aimé de Dieu* ». Antoine aurait préféré « *no future* » ou « *real punks* » mais il savait que c'était Jojo qui traduisait le plus exactement le message de son film. Les acteurs étaient des sans-abris, très peu d'entre eux faisaient partie de la petite bande avec laquelle il avait vécu pendant un an. Jojo

regarda en avant-première, avec la musique et la voix off. Il était fasciné.

—C'est beau ce que tu fais.

—Tu trouves ? Moi, je trouve ça prétentieux.

—Tu es fou ! On voit bien que tu les comprends, que tu as quelque chose en commun avec eux. On te sent proche.

—Tu crois ?

—Oui, ton vécu, il passe à travers le film.

—Je me suis trompé Jojo. Moi, c'était une expérience, j'avais pris un aller-retour. Vous, quand vous vous êtes retrouvés à la rue, c'était un aller sans retour. Toute la différence est là. Elle est fondamentale.

—Moi aussi, j'en suis sorti. Il y en a qui s'en sortent.

—Mais ils le savent pas en arrivant alors que moi, je le savais. C'est pas pareil. Pas pareil du tout.

—N'empêche que tu nous as fait du bien à tous. Tu trichais pas, tu étais vraiment avec nous. Pas comme quelqu'un qui vient aider et retourne au chaud dans son bel appartement parisien. Pas comme quelqu'un qui

juge et donne des leçons. Ça vaut le coup ce que tu as fait, Toinou. Et ton film, il est bien.
—Si il te plaît, c'est déjà ça.
—Je suis sûr qu'il va bien marcher.
—Tu parles comme un homme d'affaires, mon Jojo. Tu es taillé pour le bizness, toi. Plutôt que de rester dans ta boîte de ouf, à enrouler des fils et à te faire engueuler par des chefaillons, pourquoi tu montes pas ta petite entreprise à toi ?
—C'est toi qui me proposes un truc pareil ? Je rêve ! Tu veux me renvoyer à la rue. J'ai rien d'un patron, moi, même un petit patron. Je vais me faire bouffer. En plus, qu'est-ce que tu veux que je construise ? J'ai pas un rond devant moi.
—Giovanni Donato, dépannage en tout genre !
—Dépannage en tout genre, excuse-moi mais ça sonne bizarre. On imagine le gars qui vient chez les femmes en l'absence de leur mari pour leur montrer des trucs... enfin tu vois ce que je veux dire, ce serait un peu comme le

coup de la panne et ça s'appellerait le coup du dépannage.
—Tu as l'esprit mal tourné ! Giovanni Donato, réparations, travaux d'entretien et électricité.
—Arrête, il y en a des centaines qui tentent leur chance et qui se scratchent au bout de six mois.
—J'arrête. De toute façon, tu es bientôt en retraite, non ?
—Tu veux rire. J'ai pas travaillé assez d'années. Il va falloir que je continue jusqu'à soixante-dix ans.
—Tu vas mourir avant.
Ils rigolèrent mais cette boutade provoqua un sentiment de malaise chez Antoine. Il pensait à Jean qui souffrait de plus en plus de ces alertes cardiaques. Il avait fini par réussir à le convaincre de voir un spécialiste et le verdict n'était pas bon. Comme il fut question de pontages et d'hôpital, le vieux loup protesta aussitôt :
—Jamais, je passerai sur le billard. Je préfère crever.
C'était sans appel. Antoine y revint dix fois, en vain.

— Tu sais Jojo, tu es un mec bien. Tu aurais pu devenir aigri, méchant et tu es resté confiant, positif, tu as jamais baissé les bras.
—Je suis comme Job. Tu connais ?
—C'est dans la bible.
—Oui, il avait tout pour être heureux et il a tout perdu. Il avait toujours le principal l'amour de Dieu et ça, il ne l'a pas laissé perdre malgré tous ses malheurs. Dépouillé de tout, on est plus près de Dieu.
—D'où ton titre pour mon film.
—Oui. Et puis, le titre, c'est aussi pour dire que personne ne mérite les souffrances, elles ne sont pas un châtiment de Dieu. Là où un homme souffre, Dieu souffre car cet homme qui souffre, Dieu, il l'aime.

-41-

Maïmouna avait une liaison avec un jeune de son âge, un étudiant en dernière année à HEC. Antoine découchait un soir sur deux. Il vouait à Marianne une admiration débordante. Tout lui servait de prétexte pour la rejoindre dans son appartement, à Puteaux. Qu'elle recherchât une réplique d'un film d'Ozu pour une conférence sur le cinéma japonais ou les coordonnées d'un plombier pour réparer une fuite d'eau dans sa cuisine, il accourait sans délai, lui apportant la solution à son problème. Il se démenait pour trouver réponse à tout et lui délivrait toujours les informations attendues, sur un plateau, chez elle alors qu'il aurait pu éviter de traverser Paris et se contenter d'un appel téléphonique quand il s'agissait de donner une phrase ou un numéro. Elle ne boudait pas son plaisir bien qu'elle fût habituée aux sollicitudes des admirateurs amoureux transis.

—Attention, mon Toinou ! Tu deviens comme un petit chien au service de sa maîtresse, raillait-elle, cruelle.
—Pas du tout. Ça me fait plaisir.
—Et alors ? La servilité te devient douce, voilà tout.
—Non. J'ai toujours aimé être utile aux autres.
—Tu crois pas qu'ici, tu focalises sur une au détriment des autres ?
—Tu n'es pas très gentille de te moquer, comme ça. Tu n'apprécies donc pas ?
—Mais si, j'apprécie beaucoup. Tu es adorable. En fait, je crois que tu veux coucher avec moi.
—Pas spécialement.
—Je te crois pas. Tu en meurs d'envie. Tu aimerais que je te possède, que je te soumette.
En fait, elle n'avait pas tort, il trouvait assez jouissif de se sentir petit devant elle, prêt à lui obéir, à exaucer tous ses caprices. Il la fantasmait en maîtresse dominatrice et se voyait en esclave sexuel. Cette pensée l'excitait terriblement.

—Tu es transparent, Toinou. C'est vilain de montrer ainsi ses désirs les plus intimes à tout le monde. Je vais te donner la fessée pour t'apprendre à être plus prudent.

Il se jeta sur elle, à la fois pour éteindre le feu et pour lui montrer qu'il n'était pas si soumis.

Marianne collectionnaient les amants et Antoine connaissait sa réputation de croqueuse d'hommes. Il n'attendait rien d'autre que de partager l'intimité de cette femme qu'il trouvait brillante, noble, fascinante. Il voulait qu'elle déteigne sur lui et plus il s'y frotterait, plus sa couleur à elle s'imprégnerait dans ses fibres à lui.

Elle avait cru identifier en lui un simple jouet sexuel, il devint aussi un confident. Comment ce jeune candide si maladroit pouvait-il aussi bien comprendre son infinie solitude, son inavouée culpabilité et le grand sentiment de gâchis et de vacuité qu'elle ressentait quand elle relisait sa vie.

—Je le comprends parce que je le connais moi aussi.

—Toi, si jeune...
—Je suis bien plus vieux que tu ne le crois.
Au lit, elle sut l'initier à des plaisirs et des jeux inconnus, elle lui ouvrit de nouveaux territoires. Avant et après, elle se livrait à lui sans retenue, lui racontant son père violent, son premier mari pervers, sa bissexualité, sa grande passion déçue... Il lui arrivait de pleurer. Antoine la prenait dans ses bras et lui caressait les cheveux. Il lui cuisinait ses spécialités, en inventait de nouvelles, il lui déclamait ses poèmes ou se livrait à un numéro de pantomime pour que naisse un arc-en-ciel au milieu de ses larmes.
Pendant sa période avec Antoine, Marianne collectionna peu.

-42-

Les jours où il ne s'occupait pas de Marianne, Antoine travaillait à ses créations et rendait visite à ses amis. Thierry, Nadine et Thibault l'accueillaient toujours avec joie. Thibault avait sept ans. C'était un petit bonhomme timide et réfléchi. Depuis quelques temps, il était en proie à de vives crises d'angoisse et ses nuits étaient peuplées de cauchemars. Il avait pris conscience du handicap de son père et, en même temps, avait découvert que les hommes étaient mortels ; il s'imaginait donc que son père était plus exposé que les autres à la mort. L'idée de cette mort l'assaillait régulièrement et emplissait son regard d'une singulière gravité.

—Il n'est pas fragile, ton papa, tu sais ! Oui, il ne peut pas marcher mais à la place, il a des super pouvoirs.
—Des super pouvoirs ? Comme Spiderman !
—Exactement !
—C'est des bêtises. Les super héros, ça existe pas, en vrai.

—Eh bien, moi qui connais bien ton père, je peux te dire que même s'il ne vole pas, ne s'accroche pas aux murs et n'a pas des fils qui sortent de ses mains, il est capable de faire des trucs incroyables.
—Comme quoi ?
—Comme entendre une fourmi qui s'approche.
—Mouais, d'abord je ne te crois pas et en plus, ça ne sert pas à grand-chose.
—Je te jure qu'il entend des bruits que personne n'entend et c'est très utile pour éviter les dangers.
—Ok.
—Deuxième super pouvoirs : une mémoire d'éléphant.
—C'est pas un super pouvoir.
—Tu es difficile. C'est une force, en tout cas. Je t'ai dit que ton père, il n'est pas plus fragile que les autres et je te le prouve.
—Ok.
—Troisième super pouvoir : une force dans les bras invincible. On croirait qu'il a des bras en acier.
—Ah oui, je l'ai bien remarqué.

—Tu vois. Ne pas pouvoir marcher, c'est un handicap mais on a tous des handicaps et on a tous des fragilités. Chez ton papa, ça se voit, c'est tout. Et pour compenser nos handicaps, on a des forces.
—C'est quoi ta force à toi ?
—Moi, j'invente des histoires... et puis je prends bien les coups. Oui, si je reçois des coups, « même pas mal ! »... Et toi ?
—Moi, je sais pas... je cours vite, je suis champion aux échecs, ... j'apprends vite.
—Dis donc, tu es un super héros, toi !
—Je ne suis pas capable de me défendre dans une bagarre. A l'école, on me traite de mauviette.
—Quelle bande de cons !
—T'inquiète pas. Ça ne me gêne pas.
—Bon, tes parents nous ont laissés tous les deux entre potes. Eux, ils se font un ciné et nous, qu'est-ce qu'on va faire ce soir ? Un jeu de société ? Des Lego ? On se déguise ?
—Je vais pas te proposer les échecs, tu es trop mauvais.
—Oh oui, je perds tout le temps.

—Tu m'aides à faire un poème pour papa ?
—Un poème ? Tu écris des poèmes ?
—Toi, tu en écris et donc tu vas m'apprendre... On va l'appeler « poème pour consoler papa ».
—Papa est triste ?
—Parfois.
Antoine réfléchit à une technique.
—Je dis : « ton cœur est » et toi tu donnes un adjectif, alors je dis « comme » et toi tu donnes un mot. Par exemple : « ton cœur est bleu comme l'océan ». Tu vois ?
—Oui.
—Ton cœur est...
—... grand...
—...comme...
—...la terre entière.
—Super ! Tes bras sont...
—...amoureux...
—...comme...
—...Roméo et Juliette.
—Tu connais Roméo et Juliette ?
—Bin oui, je suis pas né de la dernière pluie.
—Bien, mon vieux, bien. Tes ailes sont...

—Il a pas d'zailes !
—Mais si, on a tous des ailes, pour s'évader, pour rêver… Alors tes ailes sont…
—…douces…
—…comme…
—…des papillons.
—Tes bisous sont…
—…chauds…
—…comme…
—…le pain qui sort du four.

-43-

—*Daddy*, mon film sur les roms a bien marché, alors, je t'emmène en voyage. Non, non, non, ne proteste pas. Tu n'as jamais fait de grands voyages. Moi, non plus. On va partir tous les deux.
—Mais non, Antoine, emmène ta femme.
—Papa, tu sais bien qu'il n'y a plus grand-chose entre nous.
—Emmène une de tes maîtresses. Ce sera toujours mieux que ton vieux père. Je serais un boulet, moi.
—Je ne te laisserai pas parler de MES maîtresses car je n'aime qu'une femme à la fois… mais là n'est pas la question : tu n'es pas un boulet, je veux partir avec toi. Ça me ferait immensément plaisir.
—Tu plaisantes. Tu m'as toujours trouvé étouffant.
Antoine passa son bras autour des épaules de ton père.
—Tu te bonifies avec l'âge. Et puis, admettons que j'aie une soudaine envie d'étouffement. Et puis, je voudrais faire un truc avec toi, partager quelque

chose avec toi. On a souvent partagé les emmerdements, là on aurait ce beau voyage à nous deux.
—J'ose pas trop prendre l'avion avec mon cœur cassé.
—Si tu veux, on part en bateau…
—Non, pas le bateau.
—Tu veux aller où ?
—Je ne sais pas. Je n'y ai pas réfléchi. Laisse-moi un peu de temps. Tu es sûr que tu veux t'encombrer de moi ?
—Oui je suis sûr. Tu rêvais pas de l'Ile de la Réunion ?
—C'est très loin, ça doit être hors de prix.
—Ne t'occupe pas du prix. Je suis un malin, moi. Je te trouve des prix défiant toute concurrence.
—C'est beaucoup d'heures d'avion.
—Ecoute p'pa, tu vas pas mourir en avion. Et quand bien même tu mourrais en avion, tu ferais chier tout le monde mais, pour toi, mourir en avion ou mourir à la maison, ça changerait rien.
—On ne pourrait pas me sauver.
—Tu n'as jamais voulu te sauver, c'est pas maintenant que tu vas commencer. Tu préfères la Chine ?

—La Réunion, c'est magnifique. C'est une terre qui se crée encore maintenant, de la rencontre entre l'eau et le feu. Le Piton de la Fournaise entre en éruption régulièrement et ses coulées de lave donnent des terres gagnées sur la mer. La nature y est luxuriante. Les peuples y sont mélangés. Oui la Réunion, c'est une terre attirante.
—Papa, dans un mois, nous partirons à la Réunion !
Et ils partirent. Ils vécurent deux semaines d'enchantement parce que la Réunion était vraiment aussi belle que Jean l'avait dit. Ils vécurent deux semaines de proximité : ils marchaient souvent silencieux, partageant d'un regard ou d'un sourire les émotions nées de la découverte des paysages contrastés et grandioses qu'ils découvraient et le soir, autour du repas, ils se racontaient l'un à l'autre. Antoine découvrit d'autres facettes de son père : cadre résistant à la pression du management moderne pour rester aux côtés de ses gars, jeune homme courageux qui travaillait de nuit pour

financer ses études, enfant timide et complexé qui avait été, deux années durant, la tête de turc de deux garçons plus âgés … Jean lui parlait d'Annie aussi, sans aucune rancœur, au contraire, il en parlait comme d'une petite fille, avec douceur. Il disait qu'elle n'était pas faite pour ce monde trop dur, trop violent, trop rapide. Antoine l'écoutait. Il se demandait s'il ressemblait à cette mère – gamine. On le comparait souvent à un enfant mais ce n'était pas juste car il savait qu'il avait été très tôt investi de responsabilités : sa mère était immature, pas lui. En fait, lui, il tenait de son père. Il le croyait de plus en plus. Comme Jean, il n'avait qu'un guide : l'amour.

—Toinou, je crois que je ne vais pas pouvoir faire l'ascension du Piton de la Fournaise. La ballade à Cilaos m'a rincé.

—Qu'à cela ne tienne ! On se repose demain et on y va jeudi. On a tout notre temps, on est en vacances. On est libre comme l'air.

—Non, vas-y tout seul.

—Tu veux rire ? C'est ton rêve ce volcan. Tu m'en parles depuis qu'on a décidé de venir à la Réunion et tu m'as dit que tu avais toujours eu envie de le voir : « le feu, source de vie ». Alors, désolé mais tu es obligé d'y aller.
—Même si je dois crever en route ?
—Même si tu dois crever en route.
—Tu es dur avec ton vieux père !
—Arrête ! Tu revis, là. Tu t'éclates. Mieux vaut vivre moins longtemps mais plus intensément, non ?
Jean lui sourit. Il n'arrivait pas à calmer cette douleur lancinante dans sa poitrine. Pourtant, Antoine avait raison : il se dépassait et il habitait pleinement chaque instant. Ils s'offrirent une journée de farniente et le lendemain, ils effectuèrent ensemble la randonnée au Piton de la Fournaise, depuis le Pas de Bellecombe. Jean s'émerveillait comme un môme qui découvre la mer : les panoramas magnifiques, le décor lunaire autour du Formica Leo, l'interminable montée, le cratère. Ils marchèrent six heures durant, sous un soleil de plomb. Le vieux devait régulièrement s'arrêter car

la tête lui tournait de douleur et d'épuisement. Jamais pourtant, il ne s'était senti si vivant. Antoine le savait. Il le soutenait, il alignait son pas sur celui de son père et dans les derniers mètres, il le portait presque mais jamais, il ne proposa de rebrousser chemin.

-44-

Lorsqu'Antoine revint de la Réunion, Marianne partit un mois aux Etats Unis. Il se rendit compte qu'elle ne lui manquait pas. Il pouvait vivre sans elle. Il rompit. Maïmouna demanda le divorce pour pouvoir épouser son jeune entrepreneur avec lequel elle avait emménagé à Daumesnil. Antoine y consentit sans aucune difficulté. Il garda l'appartement montreuillois qu'elle avait toujours détesté.
—Me revoilà célibataire !
—Pauvre chéri, lui avaient répondu tous ses amis.
—J'aime trop pour n'aimer qu'une seule.
Fabien était de passage à Montreuil, avec sa femme et leurs deux enfants. Jean était comblé. Même avant son voyage, quand son moral vacillait, les visites de ses petits enfants, Matteo et Anna, le mettaient en joie et le sortaient de sa morosité. Avec le regain d'enthousiasme gagné à la Réunion, il redoubla d'énergie pour rendre leur séjour inoubliable. Il les emmena en

forêt pour écouter les oiseaux, reconnaître les arbres et espérer une biche, comme il aimait le faire autrefois avec Antoine et Fabien. Il leur apprit des tours de magie, des expériences de chimie et des codes secrets. Ils passèrent de folles soirées à rire et à jouer. Antoine prit du temps avec eux, il restait en leur compagnie jusqu'à la nuit et revenait au matin. Il déclara à Fabien :
—On est une belle famille.
—On a de la chance, on s'aime et on est soudé.
—Oui, on a de la chance, reprit Jean. Je suis vraiment heureux par vous, mes garçons. J'aurai eu une belle vie et vous y êtes pour beaucoup.
—Mais, elle est encore longue ta vie, s'exclamèrent en chœur les deux frères.
Ce fut la dernière fois qu'ils se retrouvaient ainsi tous ensemble. Deux mois plus tard, Jean était conduit d'urgence à l'hôpital. Accident cardio-vasculaire.

-45-

Fabien arriva deux jours après le décès. Il était sincèrement désolé, il avait fait au plus vite, étant en vacances avec sa famille au Chili. Antoine avait commencé à préparer les obsèques et à prévenir famille et amis.
—Tu as prévu une messe ?
—Pourquoi ? Il fallait pas ?
—Si, si, c'est très bien, Toinou. Tu t'es bien occupé de tout. Je te remercie infiniment. Tu es croyant ?
—Oui, je suis croyant. Tu vois, je crois que ce n'est pas possible qu'un type aussi extraordinaire que papa disparaisse, il continue de vivre autrement. Je le ressens, je le ressens très fort. Toi aussi, hein ?
—Oui, Toinou.
A l'enterrement, le petit-frère soutenait le grand-frère, si fragile, si perdu. Il y avait du monde pour les entourer.

-46-

Pendant les semaines qui suivirent la mort de Jean, Antoine rendit visite à tous ses amis. Il leur offrit des cadeaux et de belles heures de partage. Puis, il téléphona à Fabien pour lui demander ce qu'il devait faire de l'appartement familial. Ils n'avaient pas réussi à trancher ce point au moment des obsèques et ils avaient convenu de remettre à plus tard le sujet.
—Pourquoi n'y habiterais-tu pas ? proposa Fabien.
—Fab, je crois que je vais voyager. Je ne vais pas vivre à Montreuil dans les prochains temps. Pourtant, ça me fend le cœur de vendre.
Fabien ne posa pas de question sur ses projets de voyages.
—Je vais venir pour m'en occuper avec toi.
—Ne t'embête pas, Fabien.
—On pourrait louer, non ?
—Tu crois que tu vas y habiter un jour, toi ?

—J'aimerais probablement qu'on s'y retrouve quelquefois…mais là ou ailleurs, ce n'est pas ça l'important.
—Je vais vendre. C'est ce qu'il faut faire, n'est-ce pas ? Même si c'est dur, c'est bien ce qu'il faut faire.
—Je vais t'aid…
—Ce n'est pas nécessaire. Je t'enverrai l'argent.
—Le principe c'est qu'on partage. Et le partage, ce n'est pas : à toi les embêtements et à moi l'argent.
—On partage. A chacun selon ses besoins. Tu sais bien que je suis marxiste ! Moi, j'aurai de petits besoins.
—Toinou, c'est moitié-moitié.
—Fais pas chier. J'en ai pas besoin. Si un jour, ça me manque, je te ferai signe. On va dire que je te confie quatre-vingt-dix pour cent de ma part. Pour l'instant, ça m'encombrerait.
Fabien comprit qu'il serait vain de résister mais il retient l'idée de jouer le rôle de banque de son frère.
—Je vais trier les affaires aussi, dit Antoine.

—Tu es sûr que tu ne veux pas que je vienne t'aider ?
—Tu es soûlant ! Je t'ai dit que non. Ça va aller vite, on a déjà fait le plus gros du travail après l'enterrement. Si tu en es d'accord, je vais donner les meubles, la vaisselle et les livres à Emmaüs.
— Oui, oui, bien sûr.
—Est-ce que tu as pris tout ce que tu voulais garder de lui ?
—Il me semble.
—Si je vois quelque chose qui pourrait t'intéresser, je te rappelle et on en parle.
—D'accord, frérot et ne pleure pas trop dans cette maison.
—Non, ne t'inquiète pas, je ne vais pas pleurer.
Antoine s'occupa de vider l'appartement. Il le vendit à bon prix. Il libéra le sien aussi et dit au-revoir à la compagnie.
—Je reviendrai. Bien sûr, je reviendrai. Je ne vous abandonne pas.
—Mais dis-nous où tu vas, laisse-nous une adresse.

—Je ne peux pas, je ne sais pas encore où je vais.
—Tu nous écriras, tu nous appelleras ?
—Ce n'est pas toujours facile... Mais je penserai à vous. Et vous, pensez à moi.
A ceux qui avaient la foi, il ajoutait :
—Priez pour moi.
L'année suivante, Fabien revint à Montreuil pour rendre visite à tous ceux qu'il aimait dans cette ville et la plupart d'entre eux étaient des amis d'Antoine. Les uns et les autres se désolaient du départ d'Antoine, ils s'inquiétaient de cette brusque décision et de l'absence de nouvelles. Ils évoquaient sa vulnérabilité, sa trop grande gentillesse, son oubli de soi.
—Bon Dieu, arrêtez de parler de lui comme s'il était mort ! Il est juste parti vivre une nouvelle expérience. Il va rencontrer d'autres gens et éclairer un peu leur chemin. Comme une luciole. Il se cogne un peu partout, mon frère, c'est vrai, il avance de manière erratique, on croit qu'il est perdu. Pourtant, ils sont nombreux ceux qui

continuent leur route grâce à sa petite lumière. Comme une luciole.